いとしき悪魔のキス

アニー・ウエスト 作
槙 由子 訳

ハーレクイン・ロマンス
東京・ロンドン・トロント・パリ・ニューヨーク・アムステルダム
ハンブルク・ストックホルム・ミラノ・シドニー・マドリッド・ワルシャワ
ブダペスト・リオデジャネイロ・ルクセンブルク・フリブール・ムンバイ

THE BILLIONAIRE'S BOUGHT MISTRESS

by Annie West

Published by Harlequin Japan, a Division of K.K. HarperCollins Japan, 2024

アニー・ウエスト

家族全員が本好きの家庭に生まれ育つ。家族はまた、彼女に旅の楽しさも教えてくれたが、旅行のときも本を忘れずに持参する少女だった。現在は彼女自身のヒーローである夫と２人の子とともにオーストラリア東部、シドニーの北に広がる景勝地、マッコーリー湖畔でユーカリの木に囲まれて暮らす。

主要登場人物

アントニア・モールソン……通訳および旅行ガイド。
ギャビン・モールソン……アントニアの父。故人。
エマ……アントニアの友人。
ドメニコ……アントニアの友人。
ヴェーバー……ホテルの支配人。
レイフ・ベントン……金融関係の実業家。
スチュアート・デクスター……レイフの父。ギャビンの知人。

1

地面から立ちのぼる冷気がブーツの底を通して骨の髄まで染みてくる。寒風は頬を刺し、息を吸うたびに喉の奥がひりついた。標高が高いだけに、スイスの冬の寒さは半端ではない。

アントニアは黒いサングラス越しに、人々の様子を観察した。牧師の頬はりんごのように赤く、話すたびに息が白い塊となって宙に吐きだされる。風が足もとの小雪を舞いあげるなか、わずかばかりの参列者は皆、鼻を赤くしている。体を温めようとしきりに足を踏み替えている者もいた。

スチュアート・デクスターは、アントニアからいちばん遠いところに立っていた。貴族的な顔だちをした彼の頬もまた、赤く染まっている。彼がこの場にいることに、アントニアは怒りを覚えるべきなのだろうが、いまはその気力さえない。

朗々と響く牧師の言葉に耳を傾けるより、葬儀の参列者の様子を眺めているほうが、アントニアには楽だった。スイスなまりのドイツ語は慰めを意図しているのだろうが、ありきたりの言葉の中に慰めは見いだせない。柩（ひつぎ）はいままさに、足もとの暗い穴に下ろされつつあるというのに、彼女は自分が葬儀から切り離されてしまった気がしてならなかった。

だって、お父さんがそんなところにいるはずないもの。そんな箱の中に閉じこめられているわけがない。冗談を言う父の声が聞こえてきそうな気がして、アントニアは目をしばたたいた。いまにも父が身をかがめ、娘の耳もとで何かとんでもないことをささやくのではないか——そんな気がしてならなかった。不謹慎だが機知に富んだ、この重苦しい雰囲気の中でもつい吹きだしてしまいそうな冗談を。

不意に喉を締めつけられ、アントニアは大きく息を吸いこんだ。もう二度とあの声を聞くことはないんだわ。

最愛の父――いつも生気に満ち、大胆で向こう見ずだったギャビン・モールソンは、もういない。私をひとり残して逝(い)ってしまった。

アントニアの胸に罪悪感がこみあげた。私のせいだわ。私が約束をすっぽかしたから。

教会の墓地の寒さも、体の内側に居座る寒さに比べれば、どうということはなかった。事故から六日。麻痺(まひ)したような感覚にもすでに慣れ、むしろ慰めに思えるくらいだ。いま感情が活発に動きだしたら、とても耐えられそうにない。

アントニアは、澄みきった空を見上げた。村の向こうに、白い山の急斜面が見える。そこを走るジグザグの道路も見えた。しかし、車がスリップして斜面を転げ落ちた事故現場は、彼女の位置からは死角になって見えなかった。

背筋がぞくっとし、アントニアは慌てて目をそらした。

そのとき、墓地の隅で人影が動き、アントニアの注意を引いた。青みがかった陰の中に誰か立っている。男性だ。近づいてくる気配はないが、こちらをじっと見守っている。背の高さといい、肩幅の広さといい、堂々たる立ち姿からは並々ならぬ力とエネルギーが伝わってくる。彼ならきっと、どんな人ごみの中でもすぐに見つけられるに違いない。

男性が移動し、日なたに立った。そのとたん、アントニアは眉を寄せた。見覚えのある顔だ。つい先週、すべての悪夢が始まった夜に会っている。

父のことで話があると言われ、アントニアはやむをえず、スチュアート・デクスターと二人きりで会うことに同意した。念のため彼の部屋は避け、にぎやかなバーで会うことにした。だが、人気のないロビーに出たとたん、彼はジャケットを着せるふりをして体に触れてきた。

顔にかかった酒くさい息と、胸をつかまれたときの骨ばった手の感触がよみがえり、アントニアの喉に苦い胃液がこみあげた。

あのときデクスターの肩越しに見えたのが、いま日なたに出てきた男性の顔だった。嫌悪の表情をあからさまに浮かべ、どぎまぎするほど青い目で彼女のほうを見ていた。

アントニアは一瞬、彼がデクスターに飛びかかるのではないかと思ったが、彼女がやっとの思いでデクスターを突き放したときには、男性の姿はどこかに消えていた。

その彼が再び現れた。こんなところでいったい何をしているのだろう？

黒髪の彼が、黒のロングコートを羽織り、険しい顔で朝の日差しの中に立つさまは、父の葬儀を監視に訪れた怒れる天使を思わせた。

アントニアは動揺した。私は天国の門はくぐれない、と父はよく冗談を言っていた。善行も積んだが、それ以上に多くの過ちを犯し、人生を謳歌しすぎたから、と。

大丈夫よ。彼は天使なんかじゃない。あの端整な唇は、どう見ても経験豊富で、天使の清らかさからはほど遠い。気難しそうな顔をしているけれど、女性がほうってはおかないだろう。

牧師の咳払いに、アントニアは我に返った。祈りの言葉が終わり、何かを求めるように彼女をじっと見ている。アントニアは足もとの穴におさまった柩に目を向けた。

そのとたん、彼女の心は激しく乱れた。涙がこみあげ、目の奥がちくちく痛む。しかし次の瞬間には、再び凍土に閉じこめられたように感覚が麻痺した。

大丈夫よ、お父さんがいまどこにいるにしても、ここにはいない。アントニアはそう自分に言い聞かせ、急いで小石を拾って穴の中にほうり投げた。静けさの中で、小石が柩にぶつかる音が、すべての終わりを告げる合図のようにこだました。

アントニアはくるりと体の向きを変えて牧師の手を握り、流暢なドイツ語で礼を述べた。それからきびきびとした足どりで通りを目指した。ほかの参列者を待つこともなく。

彼女は背中に人々の射るような視線を感じた。ひそひそとささやく声も聞こえる。加えて、首のあたりがむずむずするのを感じたが、あえて振り返らなかった。きっと、例の男性が見ているに違いない。いいのよ、好きにさせておけば。いまの私には、他人をかまっている余裕などない。

「おかえりなさい、ミズ・モールソン」

アントニアはコートのボタンを外す手を止め、ロビーの隅にある案内デスクのほうを振り返った。

「ごきげんいかが、ヘル・ヴェーバー」アントニアはうなずき、ホテルの支配人にかすかな笑みを向けた。この一週間、ヴェーバーはいろいろと力になってくれた。

「おかげさまで」いつもの気さくさとは打って変わり、支配人の態度はいやに堅苦しかった。「実は折り入って話があるのですが、よろしいでしょうか」

すぐさまアントニアは身構えた。同時に、十四年前に母が亡くなったときの、父の常軌を逸した行動を思い出した。まるで何かに駆りたてられたように、父は毎日さまざまな人たちと会い、派手な出費を重ねた。そうすることで悲しみが紛れるとでもいうように。

おかげでアントニアは、いまでもひと目で借金の取り立て人を見分けられる。慇懃だが、小ずるい表情。不快な話を持ちだすのは不本意だけれど、心を鬼にしようと決めている顔。

ここにはもう何日くらい滞在したかしら？　アントニアは頭の中で急いで金額をはじいた。

予想してしかるべきだった。けれどこの一週間はずっと、何か足が地につかない感じがして、日々の務めをこなすのが精いっぱいだった。

「ええ、もちろん」支配人に案内されてオフィスへ向かいながら、アントニアは説得力のある笑みを浮かべようと心がけた。「ちょうどよかったわ。私も話したいことがあったの。そろそろここを引きあげようと思って。これまでの宿泊費はおいくらになるのかしら？」

支配人の茶色の目に安堵が浮かんだ。「承知いたしました。一段落ついて、そろそろ家に帰りたいと思われる気持ちは、よくわかります」

一瞬、心臓をわしづかみにされたようなショックを受け、その痛みにアントニアは声をあげそうになった。「そうなの」小さな声で答える。「そろそろ家に帰らなくては」

帰る家がないことを、わざわざ話す必要はない。この十四年間で、アントニアにとって〝家〟という概念にいちばん近かったのは、イギリスの寄宿学校だった。

その後はどこであれ、父のいる場所が彼女の家だった。でもいまは……。

ヴェーバーは声を落とした。「こんなときに申しあげるのは忍びないのですが……。実はすでに、あちこちから電話がかかり始めているんです。あなたとはまだ連絡がとれず、お取り次ぎはできないと断っているのですが」

「いいのよ、わかっているわ」アントニアの気持ちは沈んだ。つまり、ホテルの宿泊代だけではないのだ。父はいったいどれくらいの借金を残して死んだのだろう？

　彼女ははっと気づいた。

　父の心臓検査の結果がわかったとき、私はこの地にいなかった。きっと検査の結果が予想以上に悪かったに違いない。なんとなく様子が変だったもの。なのに私ときたら、なんでもないという本人の言葉を真に受けたりして……。

　アントニアは胸が張り裂けそうだった。

　気づくべきだったのに。

　気の毒な支配人を安心させるため、アントニアは彼の腕に手をのせた。そんなに申し訳なさそうな顔をしないで。あなたのせいではないのだから。父はまたしても、分不相応な暮らしを始めてしまったのだろう。若かりしころ、売れっ子女優の母とつき合っていたころのように。そして妻の死を嘆き悲しみ、荒れた生活を送っていたころのように。

　アントニアは、不安げに立っている支配人にうなずいてみせた。「事故の件で頭がいっぱいで、父のお勘定のことまで頭がまわらなかったわ」

「当然です、ミズ・モールソン」支配人は礼儀正しく頭を下げ、先にオフィスへ入るよう彼女を促した。

　ドアが閉まる直前、アントニアはふとロビーの向こうで人影が動いたことに気づいた。長い脚に、ひるがえる黒いコート、自信に満ちた足どり。

　葬儀のときに見かけた男性だわ。

　鼓動のリズムが一瞬乱れた。どうして彼がこのホテルに？　しかしまもなくオフィスのドアが閉められ、アントニアは火急の問題と向き合わざるをえなくなった。


　閉じられたドアを、レイフはじっと見守った。

　やはりそうだ。彼女は金に困っている。それで美貌(びぼう)にものを言わせ、父親ほども年の違う相手に言い寄って、問題を解決しようとしているのだ。あの親しげな笑みといい、支配人の腕にのせた手といい、間違いない。

彼は失望の苦みを噛(か)みしめた。あの凛(りん)とした美しい顔を初めて目にしたときには、その美しさが見かけだけでないことを願ったものを。

アントニア・モールソンをひと目見た瞬間、レイフは彼女を自分のものにしたくなった。飢えにも似た衝動がこみあげ、無意識のうちに足を止めていた。それから人ごみをかき分けて近づいていくと、彼女のそばにある人物が現れた。ほかでもない、スチュアート・デクスターだった。彼女とは倍ほども年の違う相手、まともな女性なら決して近づかない悪名高き男。

その後レイフが調べたところによると、アントニアは各国のリゾート地を渡り歩き、享楽的な暮らしを送っているようだった。容姿を武器に裕福な愛人を手に入れることに、なんの後ろめたさも感じないのだろう。つい先週も、彼女とデクスターが、ドラッグが簡単に手に入ることで有名なナイトクラブにいるところを見たばかりだ。彼女は酔ってふらふらと歩き、デクスターに半ば服を脱がされながら、とくに抵抗する様子もなかった。

要するに、彼女はスチュアート・デクスター――はるか昔に僕と母を捨てた父親と同じく、薄っぺらな人間なのだ。

貪欲(どんよく)で、自分のことしか頭にない。

けさの墓地でも、青ざめた顔はしていたものの、取り乱した様子は見られなかった。父親を亡くしてもなんとも思わないのか、心ここにあらずといった表情は、氷のプリンセスを思わせた。

だがいまは、欲望に惑わされているときではない。僕にはもっと重要な任務がある。

もしかしたら、彼女は父親の死にショックを受け、精神的にまいっているのではないかとも思ったが、いまの光景を見て、そのような幻想は跡形もなく吹き飛んだ。

レイフはきびすを返し、ホテルをあとにした。

墓地で見た無関心で冷たい表情がすべてを物語っていたのだ。彼女は父親の死にショックも受けていなければ、悲しみにくれてもいない。

アントニア・モールソンの本性はわかった。おかげで僕は、彼女を利用することに、なんのためらいも感じないですむ。彼女は僕の完璧な武器になってくれるだろう。しかも、強欲な美人にひと泡吹かせるというおまけつきだ。

「残念ながらミズ・モールソン、父上の年金はご本人の死をもって打ち切りとなります」

アントニアは机の椅子に座ったまま身をこわばらせた。最初からわかっていたはずよ。そう自分に言い聞かせたものの、打撃を受けたことに変わりはなかった。受話器を握る手に力がこもる。

「わかりました。ありがとうございます」アントニアは力なく答えた。

「もちろん」父の顧問弁護士は、慎重に言葉を継いだ。「遺言の検認が終われば、ギャビン・モールソン氏の唯一の相続人として、父上の全財産はあなたが相続されることになります」

全財産ですって？　アントニアは、声をたてて笑いたくなった。

父は生涯、節約や貯蓄とは無縁だった。お金を湯水のように使った。そして少しでも余ったお金があれば、クローディア・ベンツォーニ財団に寄付をした。愛する妻の命を奪った特殊な癌で苦しむ人たちを支援する目的で、父が十二年前に設立した慈善団体に。

アントニアはこれまでずっと、夏の間にツアーのガイドや通訳をして稼いだお金で、父の散財を補ってきた。フルタイムで働いて、もっとまとまったお金を用意しておけばよかったと思うのは、今回が初めてではない。しかし父にはアントニアが必要だった。父の病状はかなり悪化していて、長い間ひとりにしておくのは不安だった。

「ありがとうございます。きちんと説明していただいて助かりました」

「どういたしまして、ミズ・モールソン。何かお手伝いできることがありましたら、またご連絡ください」

アントニアはゆっくりと受話器を置いた。この先いったい、どうすればいいのかしら？　葬儀費用の支払いでたくわえはすっかり底をつき、母の形見の宝石を売っても足りないくらいだった。支払いがたまっているのはホテルの宿泊費だけではない。

胸が苦しくなり、アントニアは無意識のうちに息を止めていたことに気づいた。こめかみのうずきが、いっそうひどくなっている。彼女はふらふらと立ちあがった。とにかくなんとかしなければ。頼れるのは自分しかいないのだから。

アントニアは、崖下で黒焦げになっていた父の車のことを思い出した。

私のせいだわ。何もかも。

嗚咽がこみあげた。私がそばにいなかったから。あの朝、私が運転すると父に約束したのに、私が行かなかったから。

アントニアはこぶしを握りしめ、事故の前夜のことを思い出した。

事の発端は、スチュアート・デクスターだった。それに先立つ二週間、ふと気がつくと彼は近くにいて、ぞっとするような飢えたまなざしをアントニアに注いでいた。あの晩スチュアートと一緒に出かけたのは、父のことで話があると言われ、どうしても断れなかったからだ。

その晩は、帰宅後もずっと部屋を行ったり来たりして、父が信頼している相手に襲われかけたことをどうやって話すべきか迷っていた。そして明け方近くにようやくベッドに入ったため、目覚まし時計が鳴ったのにも気づかず、そのまま寝過ごしてしまった。警官が父の死を知らせに来るまで。

あの朝、私が時間どおりに行っていれば、事故は起こらなかった。父がひとりで死ぬこともなかったのに。

恐怖に息がつまり、アントニアは壁が迫ってくるような錯覚にとらわれた。

アントニアはとっさにカードキーをポケットに入れ、コートを手に部屋を飛びだした。エレベーターを待つのももどかしく、彼女は階段を駆け下り、ホテルのロビーに飛びだした。とにかく外へ出たかった。新鮮な空気を吸いたかった。

「危ない！」

耳もとで低い声が響き、男性の胸にぶつかりかけたそのとき、力強い手に腕をつかまれ、すんでのところで衝突は回避された。

かすかな刺激を帯びた、かぎ慣れない香りがした。アントニアがその香りを吸いこむと、胸にぬくもりが広がった。彼女はなめらかなダークブルーのカシミアに手を広げた。男性の体温が手のひらに伝わり、麻痺していた感覚がうずきだす。こんなぬくもりを味わうのは何日ぶりだろう。

あとずさろうと試みたが、男性はアントニアの腕をつかんだまま、放そうとしなかった。どういうこと？　彼女は目を上げた。

アントニアは背が高く、たとえ相手が男性でも、たいてい目の高さは同じになる。しかしいまは、かなり視線を上げても、相手の目にたどり着かない。おそらく彼女より、十五、六センチは高いと思われた。そして、ようやくとらえた相手の目を見て、彼女は感嘆した。

なんという真っ青な目だろう。まなざしも信じられないほど強烈だ。アントニアは相手の目にじっと見入った。二人の間で火花が散り、目には見えないきずなが生まれるのを感じた。

この人は、あの晩クラブで見かけ、きのうの葬儀のときにもこちらの様子をうかがっていた男性だ。それ以前にも何度か見かけたことがある。

なんとなく危険なものが感じられる目で射抜くように見つめられ、アントニアの心は乱れた。

自分の鼓動が耳の中でこだましている。吸った息が音をたてて喉につかえた。

アントニアが感じているのは、理解しがたい状況に対する不安だけではなかった。自分がこの男性に惹(ひ)かれているというショックにも見舞われていた。険しい顔をした、この未知の男性に。

感情が激しい勢いで渦を巻きながら、アントニアの体を駆け抜けた。夢から覚め、途方もない現実に直面させられた気がした。

「手を放しても大丈夫よ」声がかすれてしまい、彼女は口の乾きを緩和しようと、唾(つば)をのみ下した。

その動きに彼の鋭い視線が注がれるのを感じ、たちまちアントニアの喉は焼けつくように熱くなった。黙って見つめられるだけでどうしてこんなに意識してしまうのか、我ながら不思議だった。

彼の視線が首から上へと向かい、口もとで止まるや、アントニアの息遣いが速くなった。

気のせいよ。この一週間のストレスのせいで、感覚がおかしくなっているのよ。

彼女は再び身を引こうとしたが、男性は今度も手を放さなかった。しかし、目が合った瞬間にアントニアの恐怖を悟ったらしく、彼は大きく眉をつりあげて彼女の腕を放した。

男性は依然として、何も言わずに黙っている。アントニアはようやく、自分の手がいまも彼の胸に広げられていることに気づいた。安定した鼓動が右手を通して伝わってくる。

アントニアは慌てて手を離し、後ろに下がった。

同時に、ホテルに新たに到着した客たちのざわめきが意識に割りこんできた。子供の笑い声と、さまざまな言語で交わされる会話。

視界の端で何かが動いたが、彼女の目は男性の顔に釘(くぎ)づけになったままだった。

「ミズ・モールソン」

よく響く低い声に、アントニアのうなじが粟立(あわだ)った。

「なんという偶然だろう」

逃げだしたい衝動に駆られたが、アントニアはぐっとこらえた。相手がこちらの名前を知っていたことに驚いたものの、まわりに人が大勢いるのだから、怖がる必要はない。

「あなたは私をご存じなのかもしれないけれど、私は――」

「僕はベントン」男性はアントニアを遮り、自ら名乗った。「レイフ・ベントンだ」

イギリス人の発音に近いが、かすかななまりが感じられる。アメリカなまりでないことは確かだ。

下手に興味を持たないほうが身のためよ。アントニアの本能が警告を発した。

「ミスター・ベントン、私はいまから出かけようと――」

「この天気の中を？」彼は再び遮った。

彼の視線を追って窓の外に目をやると、外では吹雪が荒れ狂っていた。新鮮な空気を吸うのはあきらめるしかない。

「外出は無理そうね」アントニアは体の向きを変え、階段のほうに戻りかけた。

「待ちたまえ」

静かだけれど威厳に満ちた声に、一段目に足をのせたところで、アントニアはぴたりと止まった。

「話がある」

アントニアはゆっくりと振り返った。あのブルーの目をもう一度見るのは気が進まなかったが、勇気を奮い起こし、男性と目を合わせた。「見知らぬ者同士の私とあなたが話さなくてはならないことなんてあるのかしら？　思い当たる節がないわ」

「本当に？」

「ええ」きっぱりと答えながらアントニアは思った。この人はきっと、そのまなざしと容赦ない態度で女性を従わせることに慣れているに違いない、と。でもあいにく、いまの私はそういう気分ではない。不安定な鼓動が意味するものがなんであれ、この男性に屈するつもりはない。「というわけで、ミスター・ベントン、私は失礼させて――」

「だめだと言ったら？」

驚きのあまり、アントニアはぽかんと口を開いた。自分を何様だと思っているの？

そして遅ればせながら、彼のなまりの正体に気づいた。かすかだが、間違いない。この失礼な人物は、オーストラリア人だ。だが、当然のことながら、どこの国の出身であろうと、人としての基本的な礼儀くらいは心得ているはずだ。

「どういうことかしら？　何か問題でも？」アントニアはぞんざいに尋ねた。私をずっと尾行していたのだろうか？

アントニアは、ロビーで忙しく動きまわっているヴェーバーの姿を確認した。大丈夫、いざとなったら、大声をあげればいい。

レイフ・ベントンが胸の前で腕を組むと、その体はますます大きく見えた。アントニアはあとずさりたい気持ちと必死に闘った。

「別に問題というわけではない。僕にとってはね」

彼があとの言葉を強調したように聞こえたのは気のせいだろうか？　アントニアはいぶかった。

「君と、取り引きしたい」

　なるほど、そういうことね。レイフ・ベントンは借金の取り立てに来たのだ。相手の正体がわかり、アントニアはむしろほっとした。

「プライベートな取り引きについて」彼は言葉を継いだ。

　アントニアはゆっくりと息を吸い、背筋を伸ばした。「わかったわ」しばしの間をおいて、彼女は答えた。「ラウンジへ行きましょうか」

　だが、彼はその場を動こうとしなかった。「プライベートな話と言ったはずだ。この天気で、ラウンジは人であふれ返っている」

　かといって、ロビーで話すわけにもいかないだろう。「じゃあ、また改めて――」

「いや、待てない。君の部屋へ行こう。そこなら、誰にも邪魔されずに話せる」レイフ・ベントンは、アントニアの背後の階段を見やった。「それとも、エレベーターで上がろうか？」

　なんという厚かましさだろう。アントニアは憤然とした。自分から、私の部屋へ行こうと言いだすなんて。私がよく知りもしない人間を平気で部屋に入れるとでも思っているのかしら？「無理よ」怒りのせいで声がきしむ。

「そんなことはないさ。充分に可能だと思うよ、ミズ・モールソン」

　レイフ・ベントンの声がいちだんと低くなり、アントニアはベルベットで肌を撫でられたような錯覚を覚えた。とはいえ、なめらかな声の裏には容赦のない非情さが感じられる。

「というより、そのほうが君のためになる」

　アントニアが首を横に振るのを見て、彼はポケットから紙を取りだし、彼女に渡した。

ホテルの領収書だった。

アントニアは唖然としつつもその内容に目を通し、もう一度読み返した。心臓がすさまじい勢いで打ちだす。しばらくしてから、彼女はようやく目を上げた。

レイフ・ベントンは、彼女と父がここに滞在していた数週間分の宿泊費を、すでに現金で精算していた。しかも、支払いは、今週末の分にまで及んでいる。

「君の借金は僕が肩代わりさせてもらったよ。というわけで、ミズ・モールソン、僕には君の部屋を見る権利があるんじゃないかな」

2

レイフ・ベントンは大きな手で、階段をのぼるようアントニアを促した。彼女はその場から動くまいと、足に力をこめた。ロビーの向こう側にヴェーバーの姿が見えたので、彼女は手を上げた。

しかし支配人は、彼女と目が合ったにもかかわらず、動こうとはしなかった。気まずそうに顔を赤らめ、立っている。そして、すぐさま視線をそらし、案内係と話し始めた。

アントニアはゆっくりと手を下ろした。

「支配人は助けに来てくれないよ」レイフは冷ややかに指摘した。「僕が部屋代を支払った時点で、君への手出しは無用だと承知しているからね」

手出しは無用？　アントニアはめまいがしそうだった。それでも、彼が口にした言葉の意味を理解しようと努めた。

「つまり、彼は私たちが親しい間柄だと思っているの？　あなたが私の宿泊代を支払ったのはそのためだと？」

「彼がどう思おうと関係ない。これは君と僕の問題なのだと理解していれば充分だ」

「なんですって？」アントニアは語気を強め、レイフをにらんだ。「私たちの間に、いったい何があるというの？　私はあなたのことをまったく知らないのよ。どうしてあなたが私の宿泊費用を勝手に支払うの？」

「人目がないところで話そうか」

レイフの視線の先を追うと、レストランから出てきたばかりのカップルが、好奇の目で二人を見ていた。

彼女の驚いた表情をレイフはじっくり観察した。頬に赤みが差しているさまはなかなか感じがいい。いまなら、氷のプリンセスには見えない。「心配は無用だ。部屋に入ったとたんに襲いかかるようなまねはしない」

レイフが言うと、アントニアは目を見開いた。

「私はまだ同意したわけでは――」

「僕は気の長いほうではない、ミズ・モールソン」レイフは彼女に最後まで言わせなかった。「それに、時間もあまりない。君の部屋で誰にも邪魔されずに話をするか、あるいはいまここで、誰に聞かれてもおかしくない状況のまま話を続けるかだ。君に選択権を与えよう」

むろん、アントニアは降参するだろう。彼女の目の中でプライドと良識がせめぎ合うさまを、レイフは内心で数をかぞえながらたっぷりと楽しんだ。

迷うこと三十秒、ついに彼女は同意した。

自分本位で、薄っぺらで、貪欲で、デクスターにそっくりだ。父への復讐を果たすうえで、この女性は完全無欠な武器となるだろう。

しかしそれ以上に、アントニア・モールソンを手に入れることは、レイフにとって極めて個人的な野心になりつつあった。

背後に立つ男性の存在を意識しながら、アントニアはカードキーを差しこみ、部屋のドアを押し開けた。彼はきっと、あえて脅しをかけているんだわ。借金を取り立てるために。

でも、とアントニアはふと疑問に思った。彼が債権者なら、どうして私のホテル代を支払ったりするのかしら？

まさか、暴力を振るったりはしないわよね。ロビーで話していたところを人に見られているんだもの。アントニアは支配人が視線を避けたことを思い出し、一抹の不安を覚えた。

「中に入らないのか？　それとも、廊下で話すつもりかい？」

脅しめいた口調にひるむまいと、アントニアは背筋を伸ばした。それから部屋に入って明かりをつけ、彼を中へと促した。

彼は黙ってアントニアを追い越し、部屋の中央まで進んで、豪華な室内を見渡した。木を基調とする伝統的な内装に、イタリア製のモダンなソファが意外なほどしっくりおさまっている。

「実に快適そうだな」広い壁の一面を占める最新式のホームシアターを眺めながら、レイフがつぶやいた。

アントニアはそこにこめられた皮肉に気づいたが、いまはそんなことはどうでもよかった。「あなたはいったい誰なの？」彼女はドアを閉め、自分も部屋の中ほどまで進んで、レイフを見すえた。

「言っただろう？　僕はレイフ・ベントンだ」彼は部屋の奥へと進み、勝手に寝室まで入りこんだ。

アントニアが慌ててあとを追うと、彼は贅沢なバスルームを興味深そうに眺め、続いてサテンのカバーがかかった大きなベッドに目を転じた。

悔しさのあまりアントニアはこぶしを握りしめた。彼がどんなに厚かましく振る舞おうと、部屋から追いだすのが無理なことはわかっていた。

話というのがなんであれ、それがすむまで彼は立ち去りはしないだろう。

「じゃあ、あなたは何者なの？」プロの取り立て屋かしら、とアントニアは思った。彼につめ寄られたら、どんな人間もお金を差しだすに違いない。だが、そのわりには、この人は注文仕立ての高級服を着ている。人に雇われて借金を取り立てるというよりは、命令する側の人間にしか見えない。

「僕は君に代わって、ここの部屋代を支払った。したがって……この部屋を見る権利がある」

とはいえ、レイフが見ているのは部屋ではなかった。彼の視線はずっとアントニアの唇に注がれている。やがてその視線はゆっくりと下へ向かい、彼女の着ている黒いセーターを通り、女らしい曲線を描くヒップを経て、ブーツの先に達した。アントニアは、コートを脱いで椅子に置いたことを悔やんだ。彼の視線にさらされ、自分がひどく無防備になった気がした。

コットンの下着の内側で、胸の先端が硬くなる。胸が奇妙に張りつめ、うずくような感覚が下腹部に広がった。

アントニアはパニックに陥りかけた。まさか、彼にじろじろ見られて、欲望を刺激されたわけではないでしょう？

「実に心地よさそうだ」彼は傍らのベッドを見下ろした。「ここで話そうか？」

「やめて！」言葉が喉に引っかかる。「話すのは居間よ」アントニアはさっと体の向きを変え、寝室を出た。背後であがった忍び笑いを無視して。

もう、うんざり。彼が何者であれ、ここまで私をいたぶる権利はないはずよ。アントニアはまっすぐに電話のもとへ向かい、受話器を取りあげた。

「僕なら、そういうまねはしないな」気づくと、レイフ・ベントンがすぐそばに立っていた。

「さっさと用件を話して。さもないと、警察を呼ぶわよ」

レイフは驚いたように眉を上げ、それからうなずいた。「わかった。では、座ろうか」彼はアントニアを待つことなく、さっさとソファに腰を下ろした。

アントニアは受話器を戻し、背筋を伸ばして、近くの椅子に浅く腰かけた。

「提案があるんだ」レイフが切りだした。

どういうこと？　アントニアは顔をしかめた。借金の取り立て人が口にする言葉とは思えない。「どうぞ話して」

「部屋代を払ったのは、ほんの好意のしるしだ」

ゆったりとくつろぐ姿から伝わってくるのは自信と力で、好意などみじんも感じられない。けれども急に陰りを帯びた目の奥には、何かしら、先ほどまでとは異なる感情が宿っている。突然、アントニアの心臓は早鐘を打ちだした。彼の目に映っているのは……興奮？　いいえ、期待だわ。

「それで？」アントニアは警戒しながら、じっと相手の出方を見守った。

「僕はこれから半年ほど、ヨーロッパに滞在する。主としてロンドンにね」

そう言いながら、レイフはソファの背に片手を伸ばし、なめらかな革の表面に、指で円を描いた。長くしなやかな指がゆっくりと動くさまを見るうちに、アントニアは、その指でうなじをなぞられているような錯覚に陥った。おのずと呼吸が浅くなったが、彼女はじっと座り、続きを待った。

「時間の大半は仕事に費やすことになると思うが、ずっとひとりでいるよりは、誰かそばにいてくれる相手がいたほうがいい。そばにいてくれる女性が」

アントニアは困惑を覚えた。この人は寂しいのかしら?

まさか。彼女はただちに否定した。彼なら指をひとつ鳴らすだけで、いくらでも女性が集まってくるはずよ。「悪いけれど、何が言いたいのか、さっぱりわからないわ」

彼の口もとに、じらすような笑みが浮かび、アントニアは息をのんだ。決してぬくもりや親しみのこもった笑みではない。それどころか、獲物をもてあそぶ笑みだと言っていい。にもかかわらず、彼女は心を奪われ、その目の輝きに魅せられた。

彼が本当に愛情をこめて笑ったら、そうでなくても、何かおもしろいことがあって笑ったら、私はいったいどうなってしまうのかしら。アントニアは言い知れぬ不安に駆られた。

「なるほど。それでは単刀直入に言おう。君に、僕の愛人になってもらいたい」

アントニアは目をしばたたき、レイフの唇をじっと見つめた。彼はいま本当に、私が耳にした言葉を口にしたの? ありえない。聞き間違いに決まっている。「ごめんなさい、いまなんと――」

「別に謝ることはないさ、スウィートハート。イエスと答えてくれれば、それでいい」

「私は……」アントニアはこぶしを握り、息を吐きだした。「あなたがどこの誰かも知らないのよ」

「ああ、忘れていたよ。母国では自己紹介をするまでもないのでね」彼は脚を前に投げだした。「さっきも言ったように名前はレイフ・ベントン。三十歳。パシフィカ・ホールディングスの最高経営責任者(CEO)だ。

ブリスベンに住み、ニューヨークと東京にも家がある。銀行には……君に贅沢三昧をさせるのに充分な額の預金がある」返事を待つかのように、彼はそこで言葉を切った。

アントニアは二の句が継げなかった。この私に、金持ちの愛人になれというの？　とんでもないわ。

「僕の好みは、美しく、知性があり、従順な女性だ。癇癪を起こしたり、泣きわめいたりする女性には我慢がならない。それに、貞操観念に乏しい女性もお断りだ」彼は警告するように目を光らせた。「ディナーの席にしろ、ビジネス上のつき合いにしろ、社交の場では常に品位ある態度を心がけてほしい」

アントニアは異議を唱えようと口を開きかけたが、レイフはかまわずに続けた。

「とはいえ、僕の好みは単純だ。愛人には、情熱的であってほしい」

彼がにやりとするのを見て、アントニアの背筋に震えが走った。

「変態じみたまねはしない。試したいとは思うが」

全身を這いまわるレイフの視線に、アントニアは体じゅうが熱くなり、眠っていた女性の本能が目覚めるのを感じた。

アントニアは愕然とした。

「その代わり半年間は、僕が完全に生活の面倒を見よう。君が満足のいく働きぶりを見せてくれたら、とびきりのボーナスを支給してもいい」

要するに、セックスのことを言っているのね、とアントニアは察した。まったく私をなんだと思っているの？「私はそんな安っぽい女じゃないわ」

「もちろんだとも。君が安っぽいなどと思ったためしはないよ、スウィートハート」

「そんなふうに呼ぶのはやめて！」不意に怒りがこみあげ、アントニアは自分でも抑えられなくなった。

彼女は腰に手を当てて立ちあがり、悠然とくつろぐ男性をにらみつけた。「いったいなんの権利があって、私をそこまで侮辱するの？」

「侮辱だって？　とんでもない。これは単にビジネス上の取り引きだ」

信じられないほどの厚かましさに、アントニアはあきれた。心臓が痛いほどに激しく打っている。

「だったら、取り引きはどこかよそでしてちょうだい。オーストラリアの事情は知らないけれど、ここイギリスではそういうやり方は通用しないのよ。私は売り物ではないわ」

レイフは長い脚をゆっくりと引き寄せ、背筋を伸ばして立ちあがった。彼が向けた警告のまなざしに、普段のアントニアならあとずさったかもしれない。けれど、いまは違った。彼女の怒りはすでに警戒心を凌駕していた。

「これは失礼」彼は大きな肩を軽くすくめた。「実は、君と支配人の会話を小耳に挟んで、君が金に困っていることを知ったものでね。次の手当てが入るまでにはまだ時間があるんだろう？」彼はいったん言葉を切った。「いったい、どうしたんだ？　衣装代やらパーティー代やらで、使い果たしてしまったのか？　それとも何か金のかかる習慣でも？　ドラッグをやっているようには見えないが、外見だけでは判断できないからな」

よくも、そこまで侮辱できるものだわ。アントニアは奥歯を噛みしめた。「私の経済状態も、私の生活習慣も、あなたの知ったことではないわ。いずれにせよ、ドラッグなんかとは無縁だから、どうぞご心配なく」

「それはよかった。君がそんな愚かなまねをするはずはないと思ったよ。それと、金のことだが……」

レイフは彼女をなだめるかのように、右手を上げた。

「もちろん、僕への支払いを気にすることはない。この豪華な部屋の代金はもちろん、そのほかの借金についても」

「そのほか？」

「君の友人のヴェーバーが、親切にも債権者のことを教えてくれたのでね」レイフの顔に残忍な笑みが浮かび、白い歯がきらりと光った。「借金は立て替えておいたよ。したがって、今後、君が気にしなければならないのは僕ひとりというわけだ」

「いくらなの？」

「本当に知らないのか？」レイフは片方の眉を上げた。「相当の額だよ。あとで明細を送らせよう」

彼の目の残忍な輝きに気づき、アントニアは喉を締めつけられた。借金が自分の手に負えない額であることはわかっていた。そして、目の前の男性が、お金を恵んでくれたわけではないことも。

「黙っているのは、僕が立て替えた分を支払えないということかな？」

「それは……」地獄へ落ちろと言いたいところを、アントニアはぐっとこらえた。「つまり、支払えということ？」

レイフが品定めをするようにアントニアを眺める間、彼女は息をひそめて待った。こちらの恐怖を悟られるわけにはいかない。

「むろん、立て替えた金は払ってもらわなければ困る。だが、君が僕の愛人になれば、帳消しにするしかないだろうな」

アントニアの体が凍りついた。「なぜ私なの？」彼女はとっさに尋ねた。頭の中がぐるぐるまわっている。彼ほどの富と容姿の持ち主なら、何も愛人をお金で買うことはないはずだ。

レイフが間近に迫ってきて、アントニアは肺の空気を奪われたような息苦しさを覚えた。

「君を見て、ひと目で欲しくなった」

信じられないことに、その言葉は彼女の興奮を呼び覚ました。

レイフは片手を伸ばし、人差し指で彼女のこめかみから頬へと撫で下ろした。その指が唇で止まると、そこから細かい震えが広がっていき、アントニアの全身に達した。続いて彼は、彼女の顎を上向かせ、強引に目を合わさせた。

たちまちアントニアの息遣いは乱れ、心臓が不規則に打ち始めた。彼自身の刺激的なにおいがめまいを誘う。アントニアは、先ほどロビーで彼にぶつかったときのことを思い出した。硬くてたくましく、うっとりするような胸だった。

目の前のレイフ・ベントンは、私がいちばん軽蔑しているタイプの人間なのよ。アントニアは必死に自分に言い聞かせた。強引で、専制的で、すべての女性が自分になびくと信じている。呼べば応えるとでもいうように。

「わかったよ、ミズ・モールソン。つまり君は、僕の提案は気に入らないが、借りた金も返したくない。そういうわけか」レイフはゆっくりと首を左右に振った。「がっかりだよ」

アントニアは、ばつの悪さに頬と首が熱くなるのを感じた。「とにかく明細を見せてちょうだい。そのうえで支払いの期日について相談しましょう」

レイフはいぶかるように目を細めた。「半年間、僕の愛人になれば、借金を帳消しにするのはもちろん、手切れ金もはずむと申し出ているんだよ」

そう言って彼が顔を寄せてきたので、アントニアはキスをされるのかと思った。しかし予想は外れ、レイフは彼女の耳もとに信じられない金額をささやいた。

「冗談でしょう!」

「僕は、金のことで冗談は言わない。女性のことでもね」言うなり、レイフは彼女の耳たぶを噛み、そっと引っ張った。

仰天しつつも、アントニアの胸と下腹部は瞬時に熱を帯びた。ごく軽く歯を立てられただけなのに、まるで焼き印を押されたような感じがする。「やめて！」彼女はレイフの肩を押しやった。まるで岩を押しているようだった。

「おっと、失礼」レイフの口調には謝罪のかけらもなかった。「痛かったかな？」そう言って、彼はたったいま歯を立てた部分を舌先でなぞった。

アントニアのみぞおちのあたりがざわつき、膝から力が抜けそうになった。彼女はレイフの肩をつかみ、必死に自分の体を支えた。

「それでも、ノーなのかい？」

彼女ははじかれたように顔を離した。体の内側にこみあげる、この物憂い気分はなんなの？　こんな感覚は生まれて初めてだ。レイフ・ベントンはいったい私に何をしたの？

提案は侮辱以外の何ものでもないし、彼の態度は不愉快きわまりない。なのに、彼に触れられると、私の体はあからさまに反応してしまう。

「出ていって。いますぐ！」

レイフは身を起こし、アントニアの顎から手を離した。けれどもそこには、いまも彼のぬくもりが残っていた。彼女ははたと気づき、たくましい肩をつかんでいた手を離した。彼の魅力に対してあまりに無防備な自分が腹立たしかった。

「ひとつ、きいてもいいかな」

その声は、はるか上から聞こえてくる感じがした。アントニアは見上げる代わりに、窓の外の白くぼやけた風景に目をやった。「何を？」

「なぜ僕を拒むんだ？」

今度はアントニアも顔を上げた。わざわざきく必要があるとでも？　またも怒りがこみあげ、ありがたいことに彼女の弱気を蹴散らした。

「私がお金のために男性のベッドに入ると思っているの？」

レイフは肩をすくめた。「君はスチュアート・デクスターとつき合っているようだが、まさか彼に夢中というわけではあるまい。目的は金だ。なにしろ君は……」不意に言葉を切り、豪華な部屋を眺めまわす。「かなり高級志向のようだからな」

アントニアは後ろに下がり、こぶしを握った。

「違うかい？」

この人は私がデクスターを誘ったと思っている。あまりにばかばかしくて、アントニアは吹きだしそうになった。私がデクスターのちょっかいを我慢してきたのは、彼がクローディア・ベンツォーニ財団の財務管理にかかわっているから。ただそれだけだ。

アントニアが顔をそむけるさまを、レイフはじっと見守った。涙をこらえているのだろうか？　横を向く前に、茶色の目が光っていた。

贅沢な人生を送るために男を食いものにするような女にそのような繊細さがあるとはとうてい考えられない。いや、アントニアは演技がうまいだけだ。その美しい顔で男の同情を買うのも得意技のひとつに違いない。

それにしてもレイフは、なぜアントニアが提案を拒むのかわからなかった。条件をつりあげるためだろうか？

耳たぶを愛撫したとき、アントニアは即座に反応した。彼女が欲望に身を震わせたのは確かだ。そしてレイフは、そんな彼女の反応に、信じられないほど欲望をあおられた。

「否定はしないようだな」レイフはばかにするように言った。

「あなたにいちいち言い訳する義理はないわ」アントニアは言下にはねつけ、彼をにらんだ。「あなたなんか、私にとってなんでもないのよ」

「なんでもないだって？」

二人の間に飛び交っている火花には、レイフ自身驚いているというのに。これほど瞬時に惹かれ合う相手はめったにいるものではない。「それは違うな。なんでもないわけがない」鋭く指摘しながら、レイフは彼女に顔を寄せた。

「何をする気？」アントニアは息をのんだ。

「〝なんでもない〟と〝何かある〟の違いを、はっきりさせようと思ってね」

アントニアは彼を押しのけようとしたが、遅きに失した。

レイフは右手でアントニアの頭を支え、なめらかな髪の中に指をうずめて、左腕を腰に巻きつけた。

「力を抜いて、アントニア」ささやきながらも、レイフはすでに、唇が重なる瞬間の、めまいのするような喜びを思い描いていた。「大丈夫、乱暴に奪ったりはしない」

3

アントニアの反撃の言葉はレイフの唇に吸いこまれた。自由になろうともがいたが、もがけばもがくほど彼の抱擁はきつくなった。

いったい何様だと思っているの？　とんでもない提案を口にしたかと思ったら、今度は力にものを言わせてキスをするなんて。

レイフはさらに彼女の体を引き寄せ、腿で包みこんだ。アントニアは身動きを封じられ、膝で蹴りあげることもできない。

ついにアントニアは抵抗をあきらめ、体を棒のように硬くして目を見開いた。

不思議と恐怖はなかった。彼女が感じているのは、怒りといらだちだった。デクスターに体を探られたときとはまったく違う。あのときはパニックに陥り、必死に逃げた。

レイフ・ベントンの触れ方には、けだものじみた行動の裏に微妙に計算された何かが潜んでいた。狡猾で、先を読んでいるような感じがあった。

アントニアはふと、彼がやみくもに力をこめているわけではないことに気づいた。背中にまわされた手は、彼女をしっかり抱き寄せているにもかかわらず、優しさがあった。キスにしても、力任せにねじ伏せるというよりは、そっとなだめるような趣があった。

大丈夫よ。誘惑に負けないようにじっと耐えていれば、もうすぐ終わるわ。アントニアは、彼の唇が早く離れるのを願った。

「君も、僕に触れて」レイフが唇を重ねたままささやいた。

触れろですって？　アントニアはあっけに取られた。触れるどころか、これがすんだら、思いきりひっぱたいてあげるわ！

「いいこと――」

言いかけてただちに過ちに気づき、アントニアはうめいた。反論しようと口を開いた瞬間、彼のキスが深まり、彼女の世界を根底から揺るがした。

情熱をこめて口の中を探られ、胸の頂が硬くなっていく。アントニアは目を閉じ、もはや身を任せるしかなかった。ふくれあがる喜び、たくましい腕に支えられる心地よさ、しだいに高まるキスの興奮。

アントニアは震える手で彼の頭を抱き寄せ、唇をぴたりと押し当てた。

すると、レイフがいきなり後ろに下がった。官能の喜びはあっけなく終わり、二人の間に冷たい空気が流れこんだ。アントニアがまっすぐに立てないことを知っているかのように、レイフは肩をつかんで彼女を支えた。

アントニアの胸に恐怖の波が押し寄せた。私はキスを許したばかりでなく、レイフ・ベントンに身を任せてしまったんだわ。しかも、一瞬とはいえ、喜びさえ覚えた。

目を伏せたまちらりと見上げると、レイフは先ほどと同じく平然としていた。それでも、彼の鼻孔が広がり、胸が上下していることにアントニアは気づいた。やっぱり、彼も動じていないわけではないのだ。そう思うと、少しは心が慰められた。大胆なキスに加え、自分自身の反応にショックを受けていた。まさかこんなことが起こるなんて。

「ほら」レイフは考えこむように首をかしげてつぶやいた。「なんでもないどころか、僕たちの間には、間違いなく何かがある」

「冗談じゃないわ」アントニアは懸命に平静を装い、食ってかかった。「私はただ、あなたのうぬぼれがはたしてキスにも発揮されるのかどうか、興味があっただけよ」

ブルーの目に怒りの炎が宿ったことに気づき、アントニアは慌てて体の向きを変えた。

「何かがあるように感じたのはあなたひとりよ、ミスター・ベントン」アントニアはそこで言葉を切り、呼吸を整えた。「そろそろお帰りいただけないかしら」脚の震えに気づかれないよう祈りつつ、彼女はゆっくりと戸口へ向かい、ドアを開けた。

永遠とも思える数秒、アントニアには耳の中で鳴り響く鼓動しか聞こえなかった。彼は部屋の中央に立ったまま、じっとこちらを見ている。もちろん、視線を合わせるわけにはいかない。そんなことをしたら、悔しさのあまり、たちどころに頬がほてり、せっかく取りつくろった平静が崩れ去ってしまう。

どうか帰ってくれますように。アントニアは祈った。もはや彼と張り合うだけの気力はない。プライドは無残に引き裂かれ、衝撃的なキスのせいでいまも頭がくらくらする。

ようやく動きだしたかと思うと、彼は長い脚であっという間にそばに来た。そしてアントニアの前で立ち止まり、顔を近づけて目をのぞきこもうとした。

アントニアは抵抗した。しかし長くは続かなかった。男らしいムスクの香りが鼻をくすぐる。不意に欲望が体を駆け抜け、彼女はパニックに陥った。膝に力をこめ、彼が去るのをひたすら待つ。

「さっきの提案だが――」

「感謝の言葉は期待しないで」

アントニアはぴしゃりと言った。だが、レイフは無視して言葉を継いだ。

「あれはいまも有効だ。ただし、期限がある」

レイフは少し間をおいた。アントニアが質問するか、目を合わせるかするのを、待っているのだろう。まさか、私がキスの続きをねだるのを期待しているとか？

「部屋代は週末分まで払ってある。したがって、あと二日はここにいられる。あさって立て替えた金を受け取りに来るから、そのときに返事を聞かせてくれ」

レイフはそう言い残して部屋を出ていった。

なんとか彼の鼻っ柱をへし折ってやろうとアントニアは気のきいた言葉を探したが、思い浮かばず、あきらめてドアを閉めた。

とんでもない侮辱だわ。あんな提案を口にするなんて、自ら品位を落とす結果になるとわかっているのかしら？　もしかしたら、そんなことは少しも気にしない人間なのかもしれない。

世界じゅうのリゾート地を巡り歩いていると、愛や誠実さよりも、地位や財産や個人的な楽しみを重視する人たちに多くでくわす。人間のいやな面もさんざん見てきた。

そんな中で、両親の結婚は光り輝いていた。自分も両親みたいな結婚をしようと、アントニアははるか昔に誓った。この身は愛する男性だけにささげようと。

一度だけ、若さゆえの過ちを犯したときには、心がぼろぼろになった。それでもアントニアは立ち直り、いっそう決意を固くした。絶対に妥協はするまいと。

レイフ・ベントンは相手を選び損ねたのよ。

あさってですって？　なんという厚かましさだろう。きっと私が、あの天使のようなキスにすっかりまいって、両手を広げて彼を迎え入れるとでも思っているんだわ。

いいえ、天使ではなく、悪魔のキスよ。

彼は私の手に負える相手ではない。

なんとしても借金を返す工面をして、ここを出ていかなければ。一刻も早く。

でも、いったいどこへ行けば、たった二日であれだけのお金を手に入れることができるというの？

数時間後、アントニアはホテルのラウンジで、カップに紅茶をついでいた。

なんとか解決の糸口を見つけようとするものの、この一週間の麻痺したような感覚がよみがえり、体が固まって、頭は働かない。レイフ・ベントンが出ていったのち、一時間とたたずに、借金の明細が届けられた。案の定、とうてい彼女が工面できる額ではなかった。

銀行をはじめ、あちこちの金融機関に問い合わせてみたが、無駄だった。定職に就かず、資産もない彼女に融資してくれるはずはない。

最悪の場合、分割払いを主張するしかない、とアントニアは思った。あんな提案を受け入れるわけにはいかないもの。

思考は堂々巡りに陥った。どんなに意識を集中させようと努めても、ふと気づくと、事故のことを考えている。あの朝、私が運転していれば……。

携帯電話の音に物思いを遮られ、アントニアは我に返った。

「アントニアね？　エマよ」

「エマ！」アントニアはほっとして、椅子の背にもたれた。こういうときは誰かと話すのがいちばんだ。「うれしいわ、あなたの声が聞けて」

友人のエマなら、願ってもない相手だ。「うれしいわ、あなたの声が聞けて」

「どうしている？」

アントニアは気落ちした声で答えた。「お手上げよ」

「葬儀に参列できなくて本当にごめんなさい」

「お願いだから、もう謝らないで。あなたは忙しい身だもの、飛行機でここまで飛んでくるなんて、どう考えても無理よ。それより、イギリスに戻ったら、ぜひ会いたいわ」こんなところは、もうこりごり。アントニアは胸の内で言い添えた。

「そうね。実は私も……話があるのよ」

エマの口調に引っかかるものがあり、アントニアは居住まいを正した。不吉な予感にうなじのあたりがちくちくする。

「何か困ったことでも？」

「ええ。実は、そうなの」そう答えたきり、エマはずいぶん長い間、黙っていた。「ごめんない。いまのあなたに、こんなことは話したくないんだけれど、ほかにどうすればいいのか見当もつかなくて。あなたに知らせないまま、万一のことになったら、一生自分を許せないわ」

「エマ、お願いだから、はっきり言って。そうでないと、よけい不安になるわ」

「ごめんなさい。ただ……あなたのお父さんのことなの」

「父のこと？」アントニアは顔をしかめた。

「ええ」エマは電話でも音が聞こえるほど、大きく息を吸いこんだ。「ここ最近、誰かが財団の口座からお金を引きだしているようなの。それも、かなりの額を」

エマはクローディア・ベンツォーニ財団で働いている。財団はすでに相当の規模に成長し、癌で苦しむ世界じゅうの人たちと医学研究団体を支援している。父は、その資金を集めるために奔走した。つまり、資金を提供する側であって、決して受け取る側ではない。

「ごめんなさい、エマ。話がよくわからないわ」

「お金はいまも消えたままなのよ」

エマの暗い声は、依然として警鐘を鳴らし続けていた。

「消えた、というのは？」アントニアは不安に駆られながら尋ねた。

「お金の引きだしは、完全に不正な形でおこなわれているの。そして、いずれもあなたのお父さんのアクセスコードが使われているのよ」

アントニアは身も心も凍りついた。

「聞こえているの、アントニア？」

「ええ、聞こえているわ」アントニアは背もたれからゆっくりと身を起こし、紅茶のカップをテーブルに戻した。「〝いずれも〟という以上、一度ではないのね？」

「ええ。八日前まで、誰かが定期的に口座からお金を引きだしていたみたいなの。誰かがお父さんのアクセスコードを使って」

「父を疑っているのね」

エマからの返事はなかった。そのこと自体、エマの胸中を物語っている。

「私は知っていることを話しているだけ。お金がなくなっているのは事実よ。何度も確認したから、間違いないわ。あなたのお父さんがかかわっているとはとうてい思えないけれど……」

「まさか！　父がそんなことをするはずないわ」そう言いながらも、アントニアは最近の父の無分別な出費について思わずにいられなかった。気分がくるくる変わり、浪費ぶりもひどくなっていた。

　アントニアは何度かかぶりを振った。うそよ。いくら体調が悪くて鬱になっていたとはいえ、父は誠実な人間だ。父自身に生きる目的を与えてくれた財団からお金を盗むなんて、考えられない。「何か別の原因があるはずよ」

「もちろんだわ」エマは答えたが、明るすぎる声はいかにも不自然に響いた。「何か思い当たる節はない、アントニア？　お父さんから、何か聞いていなかった？」

「いいえ、何も」アントニアは唇を噛んだ。いったい何が起きているのだろう？「なくなったお金はいくらなの？」

　エマが口にした途方もない額に、アントニアは息をのんだ。

「冗談でしょう？」

「冗談なら、どんなにいいか。とても見過ごせる額ではないわ。しかも、もうすぐ監査があるの」

　アントニアの血は凍りついた。「もうすぐって、いつ？」

「三日後よ。大騒動になるわ」エマはみじめな声で答えた。「事態が明るみに出たら、財団がどういうことになるか、わかるでしょう？　しかも……申し訳ないけれど、やっぱりあなたのお父さんが関与しているように見えるもの」

　父は財団の顔だった。マスコミはまたたく間に父の汚点を暴きたてるだろう。若かりしころの放蕩ぶりも何もかも。父のことをこき下ろし、その後の善行はいっさい無視して、いつから財団の金に手をつけていたのかと、想像をたくましくして追及するに違いない。

「財団の名に傷がつくどころか、世間の信用を失ってそのまま解散ということになりかねないわ」

アントニアは恐怖に凍りついた。若い時分の父の素行は目に余るものだったという。結婚してようやく落ち着いたものの、妻を失い、事業に失敗してからは、ずっと親が残した資産で暮らしていた。そのことも、マスコミは嬉々として調べあげるに違いない。そのうえ、最近になってこしらえた借金のことが暴かれたら……。

ドアに鍵をかけたのち、アントニアはふらふらと部屋を横切り、近くのソファに膝を抱えて座った。なくなったお金について、何か納得できるような説明はつかないかと、必死に考えた。エマともいろいろな場合を想定してみたが、どれもありえない筋書きにしか思えなかった。

その間、どんなに頑強に否定しようと、アントニアの頭から疑念が消えることはなかった。

それを認めるのは父に対する裏切りのような気がした。とはいえ、最近の父の常軌を逸した行動と、とてつもない散財ぶりに目をつぶるわけにはいかない。それに、不正な引きだしが父の死の直前に終わっているという事実にも。

いいえ、ありえない！ アントニアはかたくなに否定した。父の名誉と、父が築きあげた財団を、なんとしても守るのよ。父のためにも、母のためにも。私にはそうする義務がある。だって、私にはそれくらいしか残されていないんだもの。

でも、私が父の潔白を信じるだけでは、両親の名誉は守れない。アントニアは眉間にしわを寄せ、膝に額を押し当てた。

なんとか手立てを講じなければ。きっと何か、方法があるはずよ。お金さえ用意できたら、なくなった分を穴埋めして、真犯人が見つかるまでしのげばいい。

父の潔白を証明できるまで、なんとか時間を稼ごう。あとのことはどうでもいい。けれど、そのためには、大金を手に入れて、監査の前に財団の口座に入れておかなければならない。

銀行から借りようにも、担保にできるものは何もない。

お金を借りられる見こみはゼロだ。なのに、期日は信じられないほど間近に迫っている。

家族の名誉を守るために、私はどこまでなら自分を犠牲にできるかしら？　レイフ・ベントンの提案を受け入れる覚悟はあるだろうか？

まさか、本気でそんなことを考えているわけじゃないでしょう？

しかし、疲れた頭で考えれば考えるほど、アントニアの頭の中でレイフ・ベントンの提案が大きくなっていった。

私に愛人が勤まるかしら。傲慢（ごうまん）で残忍な、あの腹立たしい相手から手当てをもらい、半年間、愛人役を演じることができるかしら。彼に触れられ、キスをされるだけで、体じゅうから力が抜けてしまうというのに。

でも、彼のお金があれば、家族の名誉を守れる。

アントニアは、キスの直前の、焼きつくすようなレイフ・ベントンのまなざしを思い出した。それから、自分自身の思いがけない反応について思った。これまで出会ったどんな男性よりも彼は危険だ。本能でわかる。

いったい、私は何を始めようとしているの？

4

レイフはカフェに座り、エスプレッソに手をつけることもなく、窓の外を眺めていた。頭の中はアントニア・モールソンのことでいっぱいだった。

本人は必死に動じていないふりをしていたが、だまされるものか。僕の腕の中で、彼女の体はあっという間に熱くなった。あれは間違いなく、欲望を感じていた証拠だ。

とはいえ、あの蜜のように甘い唇を味わっていたとき、彼女の張りつめた表情とこわばった体からは、ひどく傷つきやすそうな感じも伝わってきた。

ばかな。すぐさまレイフはその考えを否定した。

彼女は単に、ホテルの部屋代が払えずに、動揺していただけだ。

僕にとって、彼女は目的を果たすための手段だ。それを忘れてはならない。レイフは体に力がみなぎるのを感じた。母を亡くして以来、ずっと温めてきた計画を実行に移すのだ。

子供のころは、我が子を生まれる前に拒絶した父親のことなど知りたいとも思わなかった。けれども父について知れば知るほど、いつか懲らしめてやらなければという思いがつのった。そしてついに、そのときが訪れた。

僕の父、スチュアート・デクスター。裕福な家庭に生まれ育った、辣腕の実業家。ただし、高貴な身分には道徳上の義務が伴うという英国貴族の精神は持ち合わせていない。骨の髄まで自分本位な人間で、財産目当てに結婚し、一族の名誉を売った男。しかも、秘書だった僕の母、リリアン・ベントンを誘惑し、食いものにして捨てた直後に。

デクスターは母に中絶を迫り、母が拒むや、背を向けた。そして、連絡してきたら法的手段に訴えると、母を脅した。

そういう男が僕の父親なのだ。

不幸に打ちのめされてやつれきった母の顔を、レイフはいまなお鮮明に覚えている。幸い、晩年は楽な暮らしをさせてやれたが、だからといって、母を不幸のどん底に突き落としたデクスターの罪が消えるわけではない。絶対に許せない。

皮肉にも、復讐のチャンスをもたらしてくれたのは父だった。父のほうから、事業提携の話を持ちかけてきたのだ。レイフが実の息子とは知らずに。自社の資金が足りないので、レイフの資金と知識を頼りに苦境を脱しようという、虫のいい話だ。ベントンという姓と自分が誘惑して捨てた秘書とのつながりを、デクスターは確認しようともしなかった。

レイフはコーヒーのカップを押しやり、立ちあがった。気持ちが高ぶり、じっとしていられない。彼はコートをつかみ、通りへと出た。

危うい投資と浪費のせいで、デクスターの企業グループは極めて不安定な状態にある。半年あれば、たたきつぶせるだろう。レイフ自身は目下、信頼できる部下に会社を任せている。彼はその間、スチュアート・デクスターへの復讐という、長年の課題に専念するつもりだった。

レイフが部屋を訪ねると、アントニアは最初のノックでドアを開けた。なるほど、少なくとも逃げ隠れはしなかった。その点は評価しよう。

彼女の姿を見たとたん、レイフはまたも下腹部が熱くなり、それが全身に広がっていくのを感じた。アントニアの聖母のような顔を見ながら、彼は悟った。この奮い立つような感覚は、復讐の決意だけが原因ではなさそうだ、と。

アントニアの茶色の目には警戒の色が浮かび、顔は冷たく無表情で、口もとは固く結ばれている。レイフを歓迎していないことは明らかだ。なのに、彼女はこれまで出会ったどんな女性よりもセクシーに見えた。

仕事と嗜好が一致するとは、なんという幸運だろう。実に楽しくなりそうだ。

レイフは彼女の服装に視線を走らせた。スラックスにハイネックのシャツ、その上にジャケットを羽織っている。足もとはハイヒールだ。なるほど、ビジネス用の装いというわけか。

しかし改まった服装も、みごとな長い脚と理想的な体の曲線までは隠しきれていなかった。

彼女から発散される拒絶の雰囲気と、魅力的な体の誘惑という組み合わせは、レイフの欲望をいっそう刺激した。

彼は、アントニアの服を一枚一枚、脱がせるところを想像した。ただし、ハイヒールはそのままで。純然たる欲望がレイフを揺さぶり、下腹部がますます張りつめた。

「やあ、アントニア」

「こんにちは、ミスター・ベントン」アントニアはうなずいて後ろに下がり、彼を中へ通した。

彼女にとって、ドアノブをつかんでいたのは幸いだった。レイフ・ベントンに低い声で名を呼ばれ、膝から力が抜けていく。彼と対峙しなければならないことはわかっている。けれど、まだ心の準備ができていない。どうか彼に対する前回の反応があのとき限りのものでありますように。アントニアは祈った。

だが、彼の目を見上げた瞬間、アントニアの祈りは無残に砕かれた。あの反応が前回限りのものではなかったことを思い知らされ、彼女はショックを受けた。この男性はお金で女性を買うような人なのよ。

それを知っていながら、なおも欲望を感じてしまうなんて。

アントニアは彼を軽蔑しようとした。しかし、どんなに傲慢な人間だとわかっていても、彼女が彼に感じるのは軽蔑や嫌悪ではなかった。

「ずいぶん改まった装いだね、ミズ・モールソン」レイフに近寄られ、アントニアは視線を合わせないよう気をつけた。「あなたはビジネスのためにここへ来たのでしょう、ミスター・ベントン？」ゆっくりと息を吸い、続ける。「ファーストネームは友人のためにとっておくわ」

彼が身を硬くしたことを無視して、アントニアは居間のソファを示した。

「どうぞ、かけて」

それから彼女は、ほっとして背中を向け、ドアノブに手を伸ばした。手のひらに汗が噴きだし、指が思うように動かない。

私はいったい、どうやってこの難局を乗りきるつもりなのかしら？

答えはいまも出ていない。この二日間、アントニアは夜もろくに眠れなかった。悲しみにくれて闇を見つめながら、このまま一生、元の自分には戻れないのではないかと思った。そしてその合間には、信じがたい額の借金を計算し、穴埋めしなければ引き起こされるダメージについて考えた。父の名誉が傷つくだけではすまない。母の名を冠した慈善事業は大打撃を受け、財団の基金に頼る罪なき人々が犠牲になる。

「君も座ったらどうだい？」

彼の声に、アントニアの背中がかっと熱くなった。彼女はゆっくりと振り返り、居間へ向かった。不安に胃がこわばり、怒りに表情が険しくなる。なぜこの人は落ち着いていられるの？

「コーヒーか、お茶はいかが？」決断の時を、アントニアはなんとか先に延ばしたかった。

「いや、けっこう」彼の口調はまるでおもしろがっているかのようだった。

　長い沈黙があり、無意識のうちにアントニアは息を止めていた。彼女は大きく息を継いだ。

「僕は君の返事を聞きに来ただけだ」

　うなずくと同時に膝が折れ、アントニアは倒れこむように向かいの椅子に座った。どうか膝の震えを気づかれませんように。

　アントニアは両手で肘掛けをつかんで体を支え、弱気の虫と闘った。たとえ何が待ち受けていようと、目をそむけるわけにはいかない。父の名誉を守るために。

「僕の提案について検討してもらえたかな？」

「ええ」声がうわずり、アントニアは唇を噛んだ。喉をごくりと鳴らし、彼の後ろの壁にかかっている抽象画を見つめる。彼と目を合わせずにすむなら、なんでもよかった。

「それで？」

「それで……」

　本当に私にできるかしら？　自分を、そして自尊心を売ることが。この体を売ることが……。

　いいえ、無理だわ！　きっとほかに方法があるはずよ。見落としている何かが。まだ試していない道が。見つかるまで探すのよ。

「君の友人のヴェーバーが、その後も二、三、君の債権者を僕にまわしてきたことは、話したかな？　みんな柄の悪い連中でね。何がなんでも取り立ててやると息巻いていたよ」レイフはなめらかに話し続けた。「もちろん、君は自分で対処できると思っているのかもしれないが」少し間をおく。「僕の見る限り、君の選択肢はひとつ、僕しかないと思うけれどね。さあ、タイムリミットだ」

　アントニアの肩から力が抜けた。自分をごまかしてどうするの？　ほかの方法なんてあるはずがない。借金の取り立て人がこぞって押しかけてきては、父の潔白など誰も信じてくれない。父の名誉を守り、クローディア・ベンツォーニ財団を守れるのは私しかいないのよ。

アントニアの指がソファの柔らかな革に食いこんだ。ああ、どうか私に勇気をください。

「答えは出たわ」アントニアは落ち着いた声ではっきりと告げた。決して感情を表に出すまい。それ以外に、レイフ・ベントンと渡り合うすべはない。彼に弱みを見せるわけにはいかない。彼女は心に誓った。たとえ何があろうと、強くなろう。

アントニアは顎をぐいと上げ、金持ち連中が哀れなツアーガイドに向ける視線をまねて、冷ややかに彼を見やった。

「あなたの申し出を受けるわ」

5

こみあげる喜びに口もとがほころびそうになるのを、レイフは必死にこらえた。

ついに欲しいものを手に入れた。

この数日間というもの、彼はずっとアントニア・モールソンのことを考えていた。オーストラリアやロンドンの部下と忙しく連絡をとり合っていても、いつものように仕事に集中できなかった。そのせいで昼間のスケジュールに混乱が生じ、夜もまた惨憺(さんたん)たるありさまだった。

だが、それも今日限りだ。

喉から手の出るほど欲しかったものが、ようやく手に入る。スチュアート・デクスターへの復讐(ふくしゅう)を果たすための完璧な武器、セクシーなミズ・モールソンが。

興奮物質が全身を駆け巡り、体が熱くなっていく。ひとりの女性にこれほど心をかき乱されるのは初めての経験だった。出会ってからわずかしかたっていないことを思うと、驚きを禁じえない。彼の胸は期待にふくらんだ。ミズ・モールソンと交わすキスは、あのときみたいにいつも衝撃的なのだろうか？しかも、これからはキスだけではない。ベッドに裸で横たわる彼女の姿が脳裏に浮かび、体じゅうの血が熱くたぎった。

いや、この興奮と喜びは、ついに復讐を果たす機会が訪れたことによるものだ。レイフは自分にそう言い聞かせた。

「ただし、条件があるの」

そう言ってアントニアは脚を組んだ。スラックスの生地が引っ張られ、ヒップの曲線と脚の長さがますます強調される。

レイフは慌てて顔を上げた。条件を話し合うからには、喜びにばかり気をとられているわけにはいかない。「条件とは？」

「ボーナスをくれると言っていたわね」

レイフはうなずいた。彼女を半年間、確実に引き止めておくために、期限が切れるときにはボーナスを支払おうと考えている。デクスターを完全に葬り去るその日まで、アントニアは自分のものなのだと見せつけるつもりだった。

「それがどうかしたのかい？」

「金額を倍にしてほしいの。前金で」

レイフは眉をつりあげた。冗談だろう？　すでに相当の借金を帳消しにすると言っているのに。いったい自分の価値をいくらと見積もっているんだ？

これまでレイフは女性を金で買ったためしがなかった。今回のような特殊な事情がなければ、考えもしなかっただろう。そのため、世間では一般にどのような仕組みで手当てが支払われているのか、彼は知らなかった。とはいえ、金持ちの愛人におさまって派手に着飾っている連中も、いま要求されているほどのボーナスはもらっていない気がした。

「どうしてそんな必要があるんだ？」

アントニアは肩をすくめ、かすかに口をとがらせた。口の中がまたたく間に乾いていく。「私を手に入れたければ、それくらいのお金がかかるということよ」

「追加分に対する見返りは？」

形のいい眉を寄せ、いかにも見下すような感じで、アントニアは茶色の目を見開いた。「あなたの……愛人として、半年間一緒に暮らすわ」

彼女の声に動揺はうかがえなかった。自分自身ではなく、商品でも売ろうとしているようにしか聞こえない。こういう取り決めに関しては、明らかに彼女のほうが手慣れているのだろう。そう思うと、レイフの胸に鋭い痛みが走った。「なんのおまけも、特別サービスもなしかい？」

アントニアの冷静な顔が、さらに冷たい表情に変わった。ぞっとするほどに。僕の発言は明らかに、未来の愛人のお気に召さなかったらしい。もしかして、それ以上については時給で請求してくるつもりか？　これではまるで抜け目のない商売相手と取り引きをしているようなものだ。

「半年間、愛人役を務めること。それがあなたの希望なのでしょう？」

もちろん、そうだ。だが〝希望〟などという甘いものではない。万一、彼女の気が変わったら、どうすればいいんだ？「一緒に暮らすというのは、完全な意味でかい？　つまり、僕の望む形で？」

一瞬、アントニアの目を何かがよぎった。続いて、彼女はうなずいた。「常識の範囲内でなら」

「大丈夫、僕はいつだって常識的なんだ、アントニア」ファーストネームで呼ばれて彼女が身を硬くしたのを、レイフは見て取った。今後はそんなふうでは困る。「いいだろう。月払いにして、倍の金額を支払おう」

「だめ！」

　彼女の頬がかすかに赤みを帯びるさまを、レイフはうっとりと眺めた。愛の行為の際には、どんなふうに染まることだろう。

じきに、それもわかる。

「だめとは？」

「前金で欲しいの。ここを発つ前に」

「それはまた、ずいぶんな要求だな」

「なんですって？　あなたの要求はそうではないとでも言うの？」

　アントニアが軽蔑をこめて唇を引き結ぶさまを見て、レイフは彼女を味わったときのことを思い出した。蜜と欲望のまじった唇、柔らかな髪、ぴったりと押し当てられた熱い体……。支払った金に見合うだけのものはきっちり返してもらわなくてはな。

「いいだろう。口座番号を教えてくれたら、すぐにでも振りこむよ。とりあえず七十五パーセント。残り二十五パーセントは、契約終了時に支払う」

　アントニアの動きがぴたりと止まった。頭の中で電卓をはじく音が聞こえてきそうだった。彼女はバッグに手を伸ばし、メモ用紙を取りだした。無駄のない動作ですばやく数字を書き留めている。抜け目がないというより、不自然なほど、張りつめた感じが伝わってくる。

　緊張のせいだろうか？

「本当にいいのかい？」尋ねたあとで、レイフは自分の言葉に驚いた。自ら取り引きの足を引っ張るようなことを口にするとは。

「ボーナスを追加することが？」

アントニアは口もとに神経質な笑みを浮かべ、笑いだした。その声はどういうわけか、レイフにガラスの砕ける音を連想させた。

「もちろん、かまわないわ。前金がなければ、取引きもなしよ」

彼女はテーブルに身を乗りだし、口座番号を書いた紙片を差しだした。

レイフも身を乗りだし、彼女の手をつかんだ。アントニアは目を見開き、小さく口を開けた。レイフの手に彼女の速い脈が伝わってくる。

見かけほど平然としているわけではないらしい。レイフは興味をそそられた。アントニア・モールソンの謎を早く解いてみたいものだ。あるいは、謎のベールをはがしてみたいと言うべきか。

レイフは彼女の手を包み、なめらかな肌と華奢な骨の感触を楽しんだ。「僕にも条件がある」そうささやいて、アントニアの茶色の目に驚きの色が映るさまに見入る。「お互いファーストネームで呼び合うこと。愛人に〝ミスター・ベントン〟とは呼ばれたくないし、〝ミズ・モールソン〟よりは〝アントニア〟のほうがふさわしい場面もある」

アントニアの頬が赤くなり、淡い金色の肌に健康的な光が宿った。さらに彼女の脈が不規則にはねるのを感じ、レイフは彼女も同じことを考えていると察した。並んでベッドに横たわる二人……。彼も今度は笑みをこらえようとは思わなかった。期待が全身を駆け巡る。

「わかったわ。とりあえず、手を放してもらえないかしら。不自由だわ」

「けっこう」レイフはアントニアの手を放し、大事なメモを受け取った。それから立ちあがり、テーブルをまわって彼女の側に移動した。「契約の成立を祝って、キスをしようか？」

レイフが言い終わるか終わらないかのうちに、アントニアは立ちあがり、好戦的ともいえる態度で彼をにらみつけた。

「いいえ、入金するまでお祝いはなしよ」

僕が約束を破るとでも思っているのか？　レイフはあっけに取られ、顔をしかめた。これまでよほど、たちの悪い男たちとつき合ってきたに違いない。

「私は本気なの」

「わかった」レイフは両手を上げ、なだめにかかった。彼女は明らかにうろたえていた。だが、すぐさま先ほどまでの無表情な顔に戻り、何を考えているのかわからなくなった。「明日の朝、迎えに来るよ。それまでに発つ準備をしておいてくれ」

「お金はいついただけるのかしら？」アントニアは挑むような口調で尋ねた。

なんという欲の深さだろう。レイフは驚いた。しかもそれを隠そうともしない。もっとも、そうでなければ、アントニアが取り引きに応じることもなかったに違いない。「一時間以内には」

彼女が腕時計に目をやった。荷づくりの前に僕の金で最後のショッピングでも楽しむつもりか？

「じゃあ、準備しておくわ」

「行き先をきかなくていいのか？」それによって、持っていくものと自宅に送るものを分ける必要があるはずだ。

アントニアは首を横に振った。「いいの」

彼女は黙って立ったまま、またレイフの肩の向こうを見つめている。彼は顔をしかめた。鮮やかな色を塗りたくった抽象画より、僕に興味を示してもいいんじゃないのか？　こちらはこれから半年間、彼女を買った顧客だというのに。

「では、八時ちょうどに、アントニア」

「ロビーで待っているわ、ミスター・ベントン」

レイフは片方の眉をつりあげた。「ファーストネームで呼ぶことになったはずだが」

「そうね」彼女は堂々と顎を上げた。「お金を受け取ったら、そうするわ」

雌狐(めぎつね)め！　レイフは一瞬、彼女を抱き寄せ、主導権を握っているのがどちらかを思い知らせたくなった。

まあ、せいぜい得意になっているがいい。そのほうが屈服させる楽しみが増える。

「わかった、ミズ・モールソン」

レイフは握手をするつもりで、右手を差しだした。アントニアはわずかに身をこわばらせたものの、拒もうとはしなかった。その刹那(せつな)、レイフは彼女をもう一度味わいたい衝動に駆られた。

彼はアントニアの手を持ちあげ、茶色の瞳を見つめながら手の甲に唇を押し当てた。彼女の脈が乱れるのを感じ、レイフはにんまりとした。

目を見交わしたまま、レイフは彼女の手を返し、今度は手のひらにゆっくりとキスをした。めまいを誘う温かな肌の香りと、柔らかなシナモンの香水の香りをたっぷりと胸に吸いこむ。意外だった。もっと洗練された、高価な香水を予想していたのだ。とはいえ、その香りはアントニアに合っていた。ぬくもりがあって、心をくすぐり、かすかに誘うような気配がある。危険を感じるくらい、癖になりそうな香りだ。

手のひらにそっと舌を這(は)わせると、甘くさわやかな味がした。アントニアの目が潤みを帯び、茶色の瞳に金色の火花が散る。

そのほうがいい。レイフは彼女の脈が速くなるのを感じた。彼女の全身に震えが走り、意志の力が衰えていくのがわかる。次なる喜びに向けて、彼の体に新たな力がみなぎった。

もう一度、レイフは先ほどよりもゆっくりと手のひらに舌を這わせた。アントニアの口から押し殺した吐息がもれる。僕に対して平気ではいられないのだ。そう思うと、レイフの心は躍った。

だが、次の瞬間、アントニアは彼の手を振りほどこうとした。ただでは何も与えないつもりらしい。互いに感じているはずのこの純粋な情熱さえも。主導権が自分にあることを示すため、わずかに彼女の手を引き止めたのち、レイフは力を抜いた。

自由になった手を、彼女はもう一方の手で包みこんだ。まるで、やけどした手をかばうかのように。手や唇にキスをしただけでそんなふうになるなら、ベッドではどうなることか。レイフはかすかな笑みを浮かべた。

「じゃあ、明日の朝、八時に迎えに来るよ、ミズ・モールソン。僕たちの取り引きが始まるのを楽しみにしている」

レイフが部屋を横切り、ドアを開けて階段へ向かう間、アントニアはひと言も発しなかった。

きのうのうちにアントニアは財団に入金した。不自然な出し入れに見えるのは確かだが、肝心なのは金額に過不足がないかどうかだ。監査人は気づくに違いないが、財団に表立った影響が及ぶことはないだろう。

しかたがないわ。ほかに方法はなかったんだもの。でも大丈夫、そうするだけの価値はある、とアントニアは自分に言い聞かせた。私が両親のためにしてあげられるのはこれくらいしかない。

アントニアは目をしばたたき、目の奥を突き刺す涙を押し戻した。悲しみにくれている時間はない。それに、感傷に浸っている時間も。これからの半年間を生き抜くためには、感情などという贅沢なものにかかずらっている余裕はない。

あと五分もしたら、私はロビーに下りて、自分を買った男性と向き合わなくてはならない。

恐怖が背筋を伝い、胸へと広がって、心臓をぎゅっと締めつけた。私はいったい、何をしてしまったのだろう？

いまさらながらアントニアはショックを受けた。私がお金持ちの愛人になるなんて。私の夢は、富でも贅沢な暮らしでもないというのに。

巣のない小鳥さながらの私がいだく夢はいたって平凡、ホテルを転々とするのではなく、我が家がひとつあればいい。自分の帰る場所があり、私を愛してくれる夫と家族がいれば。美術を学んで仕事を見つけ、安定した暮らしができれば、それでいい。暮らしの拠点を次々と変える父との暮らしでは、そんなささやかな望みさえかなわなかった。

震える手でかばんを持ちあげ、アントニアは最後にもう一度、部屋を眺めた。ここでは悲しみと絶望しか味わえなかった。それでもここは、私のこれまでの人生を象徴する最後の場所になる……。

アントニアは大きく息を吸い、部屋をあとにした。

息をひそめたような静けさの中で、ドアのかちりと閉まる音が不自然に大きく響いた。エレベーターには誰も乗っていなかったが、奥の鏡に背の高い黒髪の女性が映り、こちらを見ていた。そのうつろな目に気づいてアントニアははっと体の向きを変え、一階のボタンを力任せに押した。

自分の姿に気づかなかったくらい、なんだというの？　むしろ好都合だわ。そのほうが、これが自分の身に降りかかったのではなく、他人事のようなふりができる。

ドアが開き、アントニアは外に出た。真っ先に目に飛びこんできたのは彼の姿だった。

レイフ・ベントン。

全身を黒で包んだ姿は、悪魔を連想させた。黒のズボンと黒のセーターに、黒のロングコート。まだアントニアには気づいていないようだ。彼女は悪魔の横顔を観察した。険しい顎に、引き締まった頬、力強い鼻筋。それらが組み合わさって恐ろしげな雰囲気を生み、ハンサムというよりは、強烈な印象を与える顔をつくりあげている。

アントニアの心は揺れた。このまま逃げたいという衝動がこみあげたとき、彼と目が合った。二人の間に青白い電光が走り、アントニアはもはや逃げられないと悟った。

たとえどこへ逃れようと、彼は追ってくるだろう。その顔が物語る決意も、その目に映る所有欲も、見落としようがない。熱が肌をなめるように広がっていくのを感じながら、アントニアは体が震えだすのをぐっとこらえた。

それに、私はすでに彼と取り引きをしてお金を受け取っている。モールソンの人間が不誠実だなんて、二度と誰にも言わせない。

ベントンの端整な口もとにかすかな笑みが浮かんだ。その笑みはこの世のすべての女性を悩殺するに違いない。その生き生きと輝くブルーの瞳も。

アントニアはやっとの思いで、彼のもとへ歩きだした。決して視線をそらすことなく、一歩ずつ慎重に足を運んでいく。

ロビーにはほかの客も大勢いたが、すべてのざわめきはレイフ・ベントンとの間に垂れこめた重い沈黙にのまれ、アントニアの耳には聞こえなかった。

「やあ、アントニア」その発音を楽しむかのように、彼の笑みが広がった。

アントニアは一瞬ひるんだが、抵抗しても無駄だとあきらめた。「こんにちは……レイフ」

その声は穏やかだったが、アントニアは苦い敗北と、自己嫌悪を噛みしめた。私はいま、暗黙のうちに彼の条件を受け入れ、ついに目には見えない一線を越えてしまった。自由な存在から、お金で買われた愛人へと。

私はたったいま、自尊心を失ったのだ。

彼女の唇が自分の名を口にするさまを目にし、レイフは大いに満足した。そんなふうに常識的に振る舞ってくれると、とてもうれしい。法外な金額を支払ったからには、これ以上のわがままを許すつもりはなかった。

なんとゴージャスで、柔らかそうな唇だろう。非の打ちどころがない。僕の名を呼ぶときの、品のいい英語も気に入った。

所有権を主張するために軽くキスでもしようとして、レイフは思いとどまった。ホテルの客も、スタッフも、興味津々で二人を見ている。キスは人目のないところに移ってからにしよう。そのほうがたっぷりと味わえる。

レイフの胸中を読み取ったのか、アントニアの頬がほんのりと染まった。

「君が時間を守る女性でよかったよ。待たされるのは好きではない。さて、荷物はどこだい？」

「あそこに」彼女は案内デスクのそばにある二個のスーツケースを指し示した。

女性の荷物にしてはずいぶん少ない、とレイフはいぶかった。「残りは自宅に送ったのかい？」

答えは返ってこなかったが、レイフはかまわなかった。荷物のことなどどうでもよかった。アントニアが自分のものになったかと思うと、喜びに全身がうずいた。いよいよ計画を実行に移すときが訪れたのだ。

レイフは体の向きを変え、アントニアの肘に片手を添えた。彼女が身を硬くしたのがわかったが、気に留めないことにした。そのうち自分から求めるようになるだろう。

「行こうか。飛行機に遅れる」

アントニアはまたも無言だった。飛行機に乗ってどこへ行くのかと尋ねもしない。だが、愛人には柔順を求めると明言した以上、文句をつける筋合いはない。これもまた新鮮な体験だと自分に言い聞かせつつ、レイフはアントニアを見下ろした。エレガントで慎ましく、けばけばしい宝石のたぐいとは無縁のセクシーさが備わっている。頭も鋭いが、舌も負けてはいない。

彼は思わず、にやりとした。そのかたくなな態度をほぐすのはさぞや楽しい作業になるだろう。

豪華なリムジンの中でも、自家用ジェット機の中でも、アントニアはずっと落ち着かなかった。レイフは機内ではノートパソコンを開いて仕事に集中していたが、それでも、間近にいる彼の存在が気になってしかたがなかった。

少なくともレイフは、多くの男性が愛人にそうするように、彼女の体に触れてはこなかった。飛行機に乗るときに肘をそっとつかまれたり、税関を通る際に背中に手を添えられたりする程度だった。それでも、アントニアを動揺させるには充分だった。

移動はあっという間に終わった。レイフについてインターネットで調べた結果を思えば、それも当然かもしれない。彼が国際金融の舞台にきら星のごとく登場し、成功を収めた事実は、たぐいまれな知性と意志の力、それに野心の存在を物語っている。彼の莫大な富をもってすれば、国から国への移動など、造作もないのだろう。

二人はいとも簡単にロンドンの中心街にたどり着いた。

「さあ、今日から半年間、ここが君の家だ」

豪華なアパートメントの最上階に着き、レイフに促されてエレベーターを降りると、そこは建築雑誌の表紙を飾りそうな広々とした部屋になっていた。高い天井に、緻密な寄木細工の床、シンプルかつ高価な家具、そして完璧な借景を形づくるテームズ川の眺め。それらがいっせいにアントニアの視界に入ってきた。

とはいえ、アントニアの頭の中は、ただひとつのことで占められていた。レイフの次の行動は？

沈黙が彼女の肩に重くのしかかった。レイフは求めてくるかしら？

「コートを」

指先に彼の手が触れ、アントニアは息をのんだ。軽い接触がいつなんどき、親密な行為に発展しないとも限らない。しかも彼女は自ら、自分を抵抗できない立場に追いこんでしまった。「ありがとう」声がかすれる。

神経が張りつめ、ねじを巻きすぎたぜんまい仕掛けの人形のように、いまにも体がばらばらになってしまいそうだ。心臓がすさまじい勢いで胸をたたいている。レイフがコートを脱がせ、近くのクローゼットにつるす間、アントニアはひたすら気持ちを落ち着かせることに神経を集中させた。

やがて正面に立った彼の目は、これまで見たこともないほど、暗い陰りを帯びていた。アントニアは息を奪われ、気持ちをかき乱された。その一方で期待がふくらむ。

レイフが大きな手で彼女の顔を上向かせた。凍えた肌にぬくもりがゆっくりと伝わる。しかし、彼の高慢な顔つきと、生々しい所有欲に気づいた瞬間、アントニアの血は凍りついた。

「やっと二人きりになれた」

レイフの笑みを目にし、アントニアは心臓がすうっと落ちていくのを感じた。

6

僕はいったい何を期待していたんだ？　アントニアの美しい目をのぞきこみながら、レイフは自問した。うっとりするような誘いか？　それとも、喜んで僕を迎える情熱のまなざしか？

実際は、そのどちらもなかった。前回のキスで、初めよそよそしかった彼女がしだいに彼を温かく迎えたときのような、互いに引き合うものはいっさいなかった。

ホテルでぶつかったときの、驚くほど挑戦的な態度も感じられない。小麦色の肌にもかかわらず、その顔はひどく青ざめ、眉間にはかすかなしわが寄っている。目の下には隈ができていて、まるで何日も眠っていないかのようだ。

レイフは愕然とした。気づかなかったのは僕が見ようとしなかったからだ。ホテルで初めて会ったときにはすっかり見とれ、その後は取り引きに集中するあまり、意図的に目を向けないようにしていたのだ。

顔を寄せつつも、レイフはアントニアが顔をそむけることを半ば覚悟していた。ところが彼女は、彫像のようにじっとして、身じろぎひとつしなかった。そっと唇を重ねる瞬間、拒絶されるのではないかと思い、彼女の顎をつかむ指に力がこもった。しかし彼が唇を滑らせる間も、彼女はいっさいの抵抗を示さなかった。それからおずおずと彼のキスを受け入れ、自ら唇を開いた。

欲望がすさまじい勢いでレイフの体を貫いた。彼の導きに穏やかに応えるアントニアの姿は、なぜか奔放な抱擁よりも刺激的だった。

キスはさらに濃密になった。手と唇しか触れていないのに、からみ合う唇の感触とぬくもりが否定しがたい官能を紡ぎだす。

僕はこの女性を奪ってもかまわないのだ。そう思うと、朝からずっと抑えてきた欲望が一気に燃えあがった。

だがいまは、アントニアをベッドへ連れていく時間はない。レイフは騒ぎたてる神経を無視して唇を離した。「君の新しい家へようこそ」彼はアントニアの目をのぞきこんだ。彼女の目にも熱い火花が散っているのではないかと期待して。

しかしそこには、何もなかった。彼女の目は依然として暗くうつろで、ぼんやりと遠くを見ている。

レイフはいらだった。こっちは全身で彼女を意識しているというのに。鼻をくすぐる魅惑的なシナモンの香り、手のひらに感じるなめらかな肌のぬくもり、静けさの中に響く浅い呼吸の音、そしていまも舌に残る彼女の味。この世で最も甘いその味は、続きを求めて僕を激しく駆りたてているのに。

いったいアントニアはどこへ閉じこもってしまったんだ？　どうしてそんなに、僕に無関心でいられるんだ？

レイフは顔をしかめた。僕がキスをすれば、たいていの女性は膝の力が抜けるものを。

ひょっとして、あの身を焦がすような欲望を感じていたのは、僕ひとりだったというのか？　まさか。ありえない。

「ありがとう」アントニアの口調はひどくよそよそしかった。「感じのいい部屋ね」

感じのいい部屋だって？　それだけか？　これだけ贅を凝らした住まいを与えられて、よくもそこまで落ち着き払っていられるものだ。しかも、この僕を目の前にしながら。

「当然だ」レイフはぶっきらぼうに応じた。「半年

間借りるより、買ったほうか安かったくらいだから
な」

あの絵がシャガールの作品だと、レイフ・ベント
ンは気づいているのかしら？　繊細な東洋の絨毯や美しい家具を通り一遍に眺める彼を見ながら、アントニアは思った。しかも暖炉の向かいにかかっているのは版画ではなく、一点ものだ。

「まったく君たちイギリス人は、取り引きのすべに長けているよ。そう思わないか？」

レイフが鋭いまなざしで彼女を見すえた。その表情からは、つい先ほどまでの温かみは消えている。さっきのキスは驚くほど優しく、アントニアは危うく、無関心を装うことができなくなるところだった。

「期待を裏切られないといいんだが」レイフの声にははっきりと挑むような響きがこもっていた。「せっかくの買い物が金額に見合わなかったら、金をどぶに捨てたも同然になる」

アントニアは身を硬くし、顎を引いて彼の手から逃れた。

彼にとって、金額に見合うものとは何かしら？　完全な服従？　ベッドでの手練手管で、彼が飽きるまで欲望を満たしてあげること？　そんなの、絶対に無理だわ。

頭がぐるぐるまわりだし、アントニアは吐き気を催した。自分の気持ちにはおかまいなしに、この身を差しだせというの？　プライドも慎みもわきへ押しやり、レイフ・ベントンのおもちゃになれと？

アントニアは喉に力をこめ、苦い胃液を懸命にのみ下した。

そんな要求はひどくばかげたものに思えたが、笑う気にはなれなかった。自分で約束して、お金を受け取ったのだから、今さらあと戻りはできない。

「その代わり、イギリス人は取り引きにおいて正直よ」

彼女は自分に鞭打ち、ブルーの瞳を見つめ返した。本当は現実から目をそむけ、部屋の隅で丸くなっていたかった。

「できればシャワーを浴びて、さっぱりしたいのだけれど、かまわないかしら？」レイフとの間に距離をおけるなら、なんでもよかった。もう一度触れられたらどうなるかわからない。そう思うと、恐ろしさのあまり、先のことを考えられなかった。彼に抱かれて炎となって燃えあがるのか、それとも、感情のまわりに築いた壁が崩れ、痛みと不安にさらされることになるのか……。

「お気に召すままに」レイフはばかにするように、わざとお辞儀をしてみせた。「どうぞこちらへ。君の部屋に案内するよ」彼は広い廊下を目で示した。

私の部屋？　でも普通、愛人というのは……。

「僕はひとりで寝るほうが好きなんだ。寝室は別々にすることにしたよ」彼女の疑問が聞こえたかのように、レイフは廊下を歩きながら説明した。

アントニアはうなずき、唇を噛みしめた。自分がこういう会話を当たり前のように交わしていることが信じられず、大声でわめきたくなる。寝室に近づくにつれ、動きがぎくしゃくし、足もとがおぼつかなくなった。

「ここだよ」レイフは彼女を先へ促した。

アントニアはぎりぎりまでためらった。ひとたび踏み越えれば、二度と本来の自分には戻れない気がする。

いいえ。すでに踏み越えてしまったのよ。きのう、お金を受け取ったときに。

目を細くして見守るレイフにかまわず、アントニアは部屋に足を踏み入れた。そして、思いも寄らない光景に、立ちすくんだ。壁の一面がガラス張りになっていて、その向こうに、テームズ川の風景とロンドン中心部にある建物や家々の屋根が広がっている。とても普通の人間が拝める眺めとは思えなかった。

アントニアは部屋の中に注意を移した。一方の壁に、四柱式の大きなベッドが置かれている。木の幹を模した四本の柱は、上部で枝を伸ばしてからみ合い、天蓋（てんがい）を形成して、床まで届く薄地の布を垂らしている。刺繍（ししゅう）を施した、うっとりするような白地のベッドカバー、その上にはふっくらした枕（まくら）と金色のクッションがいくつものっていた。

壁紙は淡い黄土色で、木材の色をみごとに引き立てている。長い書棚の前には、安楽椅子と長椅子、それにソファが置いてある。大きなキャビネットの中にはおそらくテレビがおさめられているのだろう。さらに別の壁には中世風のタペストリーが掛けられ、花を摘む貴婦人とそれを馬上から見守る恋人たちが描きだされている。そこには真の芸術だけが持つ輝きがあった。

「みごとだわ」もっと適切な表現があればと悔やみつつ、アントニアは嘆息した。なんてすてきな部屋かしら。温かく迎えられているようで、思わずほっとする。外界から隔てられた天国さながらだ。

「気に入ってもらえてうれしいよ」

レイフが穏やかに応じた瞬間、アントニアの心の奥で何かがほぐれた。

「もしかして君は、もっとモダンな雰囲気を好むかもしれないと心配していたんだ」

レイフが背後に立ち、温かな息がうなじに触れたとたん、アントニアはベッドに視線を転じた。そして、凝った装飾ではなく、その広さに改めて驚いた。二人が横になってもなお充分な余裕がある。彼女は、そこに横たわるレイフの姿を思い浮かべた。真っ白なベッドカバーに映える黒い髪、ベッドいっぱいに伸びる長い手と脚、枕もとのランプの明かりを受けて輝く日に焼けた肌。

そして、隣に横たわる、ひとりの女。母親譲りの茶色の目に、ウェーブのかかった豊かな髪、すらりとした脚。大きめの口は父親譲りだ。その父の名誉を守るために、自分を売った女……。

今度の吐き気は強烈だった。アントニアは慌てて部屋の奥へと駆けだした。そしてバスルームと思われるドアを開けた。入るなり、肘でドアを閉め、手でまさぐりながら鍵をかける。最後の食事を胃の中にとどめようとする努力もむなしく、胃液がすさまじい勢いで逆流し、喉を焦がした。

「アントニア！　大丈夫か？」

レイフの声が鋭く響いた。

私が約束を反故にするのではないかと心配しているんだわ。「大丈夫よ……」吐き気がしだいにおさまっていくのを感じながら、アントニアはかすれた声で答えた。

しばらく落ち着くのを待って、アントニアは身を起こした。口をすすぎ、髪をとかしつけてから、ドアの鍵を開けた。

レイフは一メートルほど離れて立っていた。何を考えているのか、その表情からはわからない。アントニアは不安になった。私のどこをそんなに見つめているのだろう？

「具合が悪そうだな」

尋ねるというより、決めつけるような彼の口調に、アントニアは肩をすくめた。「何か食べたものにあたったんだわ。もう平気よ」

「座ったほうがいい」レイフは有無を言わさず、彼女をドアのそばから引きはがした。

すぐ近くにあるベッドを思い、アントニアはパニックに陥った。しかしレイフが促したのは、安楽椅子のほうだった。彼女はほっとして、心地よい椅子に身を沈めた。この数週間で何十歳も老いた気がする。

「震えているじゃないか」レイフが非難がましく指摘した。

「だから、何か食べものにあたったのよ」

レイフは長椅子に腰を下ろし、やや広げた脚に肘をのせて、彼女のほうに身を乗りだした。「スイスを出たときから、何も食べていないはずだ」

「それじゃあ単に……」アントニアは再び肩をすくめた。「疲れたのよ」

そんなに身を乗りだされると、レイフの強烈な存在感に圧倒されてしまいそうだ。しかも、彼は疑念のまなざしを注いでいる。

「つまり、疲れてセックスどころではない、というわけか?」

「それは……」言葉につまり、アントニアは顔をそむけた。私の気持ちを察したのかしら? 一瞬だけでも、同情を感じてくれたの?

「そういうことなら、安心するがいい。僕もいまはそれどころではない」レイフは立ちあがり、ドアのほうへ向かった。「仕事に出かける。君はゆっくり休むといい」

二日後の朝、アントニアは入念に化粧をし、睡眠不足の跡を隠した。

レイフは初日に出かけたのち、ゆうべ遅くに帰宅した。アントニアは部屋で横になったまま、いつ彼が入ってくるかと身構えていたが、結局、彼は現れず、彼女をそっとしておいてくれた。

でも、いったいいつまで?

自分の体を差しだすことを思うと、アントニアの胃は引きつった。もしかして、私はレイフを求めているのかしら? ふと思い浮かんだ疑問を、彼女は頑として否定した。すると、彼のキスに屈したときの、いまいましい記憶がよみがえった。あんなに飢えたように反応するなんて……。

いいえ。私が彼を求めているなんてありえない。あんな人に惹かれるはずないもの。あんなに横暴で、目的を達成するためには、平気で人を踏みつけるような男性に。

「アントニア！　いつ見ても麗しい」

ブルーの目がきらりと光り、たくましい腕がいきなり彼女を抱きあげた。男らしい香りと熱気が彼女を包んだかと思うと、レイフが唇を重ねてきた。なんの前ぶれも、いささかのためらいもなく、彼は我が物とばかりに彼女の唇をむさぼった。

突然襲いかかった官能の嵐に、アントニアの頭はぐるぐるとまわりだした。膝の力が抜けるのを感じてレイフの肩につかまると、彼はすかさずアントニアを抱き寄せた。恐ろしいことに、その感触は彼女の欲望に火をともした。ひょっとして、眠れぬ夜に私が求めていたのは、これだったの？

レイフの濃厚なキスをうっとりと味わい、アントニアは前回の記憶を思い出しかけた。しかしそのとき、レイフが唐突に体を離し、アントニアは一瞬、彼にしがみつく格好になった。倒れそうだったからよと自分に言い訳しても、レイフの満足げなまなざしは見落としようがなかった。

彼の目尻にはしわが寄り、口もとにはかすかな笑みが宿っている。なんとも親密で、あらがいがたい笑みだった。

「どうやら君も僕が恋しかったようだな」レイフがささやく。

「私は――」

レイフはアントニアの唇に指を立て、否定の言葉を封じた。「せっかくの幻想を壊さないでほしい」

彼に見つめられ、アントニアの体に不思議なぬくもりが広がった。

「バッグは持ったかい？　よし、出かけよう。けさは早くに会議がある。君も一緒に来てほしい」

「でも無理よ。私は――」

「でも、はなしだ、アントニア」レイフは彼女の腕を取り、エレベーターへ向かった。「愛人は柔順であるべきだ。君にもできる。銀行口座に入っているいとしいお金のことを思えばね」

アントニアは凍りついた。キスの余韻が一気に引いていく。

「僕がどこにいたか、尋ねないのかい、スウィートハート?」

わざとらしい甘い呼びかけがアントニアの癇に障った。しかも、明らかな皮肉にもかかわらず、その言葉は彼女の心を揺さぶった。

「話したければ、自分で話すでしょうから」

エレベーターのドアが開き、レイフの腕を振りほどこうとしたが、無駄だった。彼の腕はアントニアをぴたりと引き寄せたまま、微動だにしない。

「けさはご機嫌ななめだね、アントニア」

「別に」私になんと答えさせたいの? 物のように扱われ、レイフの気まぐれで行動を制約される状況を、私が楽しんでいるとでも?

レイフはそれ以上何も言わず、待機中のリムジンへ向かった。そして車に乗りこみ、仕切りを上げて前後の座席が隔てられるや、鋭い目でアントニアを見すえた。

「アントニア、いったい何が不満なんだ?」

何が不満かですって? 冗談よね? アントニアは耳を疑った。この状況に満足できるわけがない。

「取り引きが気に入らないなら、はっきりそう言ってもらおう。この取り引きを、僕は別に強制したわけではない」彼はいかにも不機嫌そうに、胸の前で腕を組んだ。

図らずもレイフに一矢報いる結果になり、アントニアは悦に入った。しかしそれもつかの間、慌てて否定した。だめよ、危険すぎるわ。レイフ・ベントンを本気で怒らせたら、ただではすまない。

「四六時中ふくれっ面につき合わされるのは、お断りだ」

「私は――」

「僕は君との時間を楽しむために金を払った」レイフはぴしゃりと言った。「これではとても引き合わない」

わかりました、ご主人さま。仰せのとおりに。

こみあげる苦い怒りを、アントニアはのみ下した。私はレイフに買われた身だ。ほかに道がなかったとはいえ、私は自らの意思で彼の申し出を受け入れたのだ。

「前金を返してくれるとか？」

それだけは、どうあがいても不可能だ。彼から受け取った莫大(ばくだい)なお金はすでに使ってしまった。

「要するに、私はどうすればいいのかしら？」アントニアは気持ちを奮い起こして尋ねた。

レイフは驚いたように眉を上げた。

「つまり、その……」アントニアは、顔がほてるのを懸命にこらえようとした。

「愛し合う以外に、と言いたいのかな？」

レイフが熱と深みを帯びた声でその言葉を口にすると、アントニアは身を硬くした。興奮のせいじゃないわ。嫌悪のせいよ。

「ええ」アントニアはうわずった声で応じた。

「簡単なことさ。僕は君と楽しい時間を過ごすために大金をつぎこんだんだ。僕の要求に応じて、常に行動をともにしてほしい」

アントニアはレイフの顔を見つめた。視線がぶつかった瞬間、広い後部座席が急に狭くなったように感じられる。間近に迫る彼の存在と、自分の脈の速さが、ひどく気になった。

「大枚を払って買った以上、君は僕のものだ」

レイフの声がいちだんと低くなり、アントニアの全身に鳥肌が立った。

「その点を忘れないように」レイフは念を押した。

二人の間で火花が飛び交うなか、アントニアは彼の言葉を噛みしめた。レイフにとって、愛人は所有物なんだわ。そして、私はそれを受け入れるしかない。でも、大丈夫よ、これまで同様、今回の苦難も乗り越えられるわ。

夏が終わるころには、私は晴れて自由の身になれる。今度こそきっと、長年の夢に向けて新たな一歩を踏みだせる。もっと無難で安定した、自分の人生を築いていこう。

「もちろんよ、レイフ」その名を口にしたとたん、反射的に喉が締めつけられたが、アントニアは無理やり押しだした。そのうち、きっと慣れるわ。「それで、これからどうするの？」アントニアは、声ににじんだ動揺を悟られないよう祈った。

「僕はこれから仕事だ。だから君には、昼間はひとりで楽しんでもらう」レイフはそこで間をおいた。

私が不満に感じるとでも思っているのかしら。執行猶予を得てほっとするあまり、アントニアは笑みがこみあげるのをぐっとこらえた。

「だが夜は一緒に出かける。今後は何かと外出の機会が増えるだろう。接待、ディナー、舞踏会……。いずれにせよ、僕にぴったり寄り添ってもらわなければならない」レイフは彼女の反論に備えるかのように眉を寄せた。「うわの空ではなく、僕の言動に気持ちを集中させてくれ。いいかな？」

「わかったわ」アントニアは、彼の一言一句に耳を傾けた。

「ときには笑顔も見せること」

それくらいなら、なんとかなるわ。アントニアは自分に言い聞かせた。まわりに人が大勢いれば、いまみたいに、この世にレイフと私しかいないような錯覚に陥ることもないだろう。こうして彼にじっと見つめられると、ひどく落ち着かない気分になる。

「それから、僕が腕をまわしても、身を硬くしないこと。触れるたびに、びくびくされては困る」

アントニアは、ドアを抜けるたび、車に乗りこむたびに、レイフが背中に手を添えることを思い出した。

レイフは私をそばに引き寄せたがるけれど、単にそういう性格なのかしら？　それとも、無言のうちに所有権を主張しているの？　アントニアは不思議に思った。これだけ自制心が強く、計算高いわりには、レイフには妙に情緒的な面がある。夜、ベッドで彼の大きな手で触れられたら、どんな感じがするのかしら？　体を重ねられたら……。

「アントニア？」レイフはいらだたしげに呼びかけた。

「わかったわ。びくびくしなければいいのね」

レイフは疑わしげに目を細めた。「僕の言動に気持ちを集中させるというのも、すでに指摘したと思うが」

うわの空の原因を知られたら、レイフを喜ばせてしまう。気をつけなければ、とアントニアは自分に言い聞かせた。「ええ、気持ちを集中させるわ」

レイフはため息を押し殺し、さらに続けた。「それと、いつも華やかであってほしい。地味で目立たないのは困る」彼はアントニアのグレーのスラックスとジャケット、それにローヒールの靴に視線を落として顔をしかめた。

新しく手に入れた戦利品をよほど見せびらかしたいのね、とアントニアは思った。きっとこれ見よがしで派手な服が好みなんだわ。「その……私たちが出かける先というのは、どれくらい改まった場なのかしら？」

「極めてフォーマルな集まりだ。詳しいことは秘書から連絡させる」レイフは彼女の顔をまじまじと見た。「どうした？　何か都合の悪いことでも？」

　アントニアは大急ぎで、巨大なウォークイン・クローゼットにかかっている服のことを考えた。ふさわしい服もあるにはある。黒のカクテルドレスなどは、何度着たかわからない。とはいえ、ひと口にフォーマルと言っても、その内容はさまざまだ。レイフ・ベントンが愛人に着せたがるような、いわゆるイブニングドレスのたぐいは一着も持っていない。

「手持ちの中に、該当しそうな服がないのよ」

　レイフは信じられないと言いたげな表情を見せ、続いてにやりとした。「じゃあ、あの荷物は全部セクシーな下着だったのか？」

「まさか！」アントニアは嚙みつかんばかりの口調で否定した。

「それは残念」一瞬、レイフの目がいたずらっぽく光ったが、すぐに元に戻った。「服は自宅に送ったのかい？　賢明な判断とは言えないな」

　そういう服はないのだといちいち説明してもしかたがない。あるいは、家がないことを打ち明けても。

「まあ、時間はたっぷりある。ショッピングにでも出かけて、適当な服を見つくろってくるがいい」

　アントニアは首を横に振った。買い物につぎこめるお金など残っていない。

「今度は何が問題なんだ？　君の口座に入っている僕の金で、ロンドンじゅうから選べばいい。当然、何かは見つかるだろう？」

　あなたのお金はもうないのよ。アントニアはそう言いたかったが、事情をレイフに打ち明けるつもりはなかった。「新しい服をそろえる必要があるとは聞いていなかったわ」彼女はレイフから視線をそらし、窓の外に目を向けた。車は金融街（シティ）の慌ただしい通りを走っている。

　長い沈黙のあとで、レイフは口を開いた。

「君の欲は相当なものだな、スウィートハート」

彼にそう呼ばれるのは、我慢がならなかった。いまのように、ことさら軽蔑（けいべつ）をこめて語尾を引きのばすときは。

「今回の取り引きでは、もう充分に僕から搾り取ったんじゃないのか？」

「私はただ、新しい服を買うために出費が必要だとは聞いていなかった、と指摘しているだけよ。しかも、あなたが考えているようなたぐいの服を」

しばらくしてレイフはようやく口を開いた。「どうやら契約はきちんと文書にするべきだったようだな。そのほうが時間の節約になった。それに、金の節約にも」

彼の言葉のひとつひとつがアントニアの胸に突き刺さった。

「つまり君は、僕からせしめた金を、自分の衣装代には使いたくないというわけだな？」

目を合わせたものの、アントニアは無言を通した。

「いいか、僕はいっそ、君を裸で行かせてやろうかと思っているんだからな」

アントニアの息をのむ音が沈黙の中でこだました。まさか本気じゃないでしょう？　けれど、レイフの目に浮かんだ激しい軽蔑の色を見ていると、彼は本気でそうするかもしれないと思えてくる。おおやけの場ではなく、アパートメントで二人きりのときに。彼女は口の中がみるみる乾いていくのを感じた。

「いいだろう、アントニア。秘書に言って、君のクレジットカードを用意させよう。それで服を買うといい」

アントニアの肩からわずかに力が抜けた。

「ただし、取り引きは一言一句、有効だ。したがって、君も約束は守ったほうがいい。わかったか？」

なめらかな言葉の裏には紛れもない脅しの響きがこもっていた。アントニアは身を震わせ、息を吸いこんだ。「わかったわ」

「さっそく今夜は華やかに頼むよ。期待を裏切らないでくれ」

そびえるような高層ビルの正面に車が止まった。ここがレイフのオフィスなのね……。

不意にアントニアの思考が停止した。腿が触れ合っている。レイフは彼女の顎をつかみ、自分のほうを振り向かせた。

目が合ったとたん、レイフの目が鋭く光った。その視線はしばらく彼女の顔をさまよっていたが、やがて口もとで止まった。情熱的なまなざしにさらされ、アントニアの全身が期待にほてる。彼女は喉を震わせ、息を吸った。意志とは裏腹に欲望が目覚め、細かな震えが全身を駆け抜ける。

レイフは彼女の口もとに親指を当てるなり、下唇を引っ張り、強引に口を開かせた。

「ようやくわかり合えて、うれしいよ」

レイフの息遣いが暖かな空気の塊となって、アントニアの唇をそっと撫でた。

次の瞬間、レイフは大胆に彼女の唇を求めた。とはいえ、彼の手は彼女の顎にとどまり、力ずくで押さえているわけでもなかった。しかし信じられないことに、アントニアの体は勝手に応え、熱を帯びた。レイフはたっぷりと時間をかけ、自分のものだと焼き印を押すかのように濃厚なキスをした。彼の舌と唇が紡ぎだす魔法は、アントニア自身さえ知らなかった感覚を次々と呼び覚ました。

レイフが見せつける官能の手管によって、アントニアの体はみるみる溶けだし、体の芯が激しくうずいた。

まるで麻薬のようだわ。生まれて初めて経験する喜びの威力に、アントニアはなすすべもなく屈し、こみあげる衝動に促され、レイフの情熱的なキスに応えた。

終わりがないかのように延々と続く甘美な時間の

中で、アントニアは燃えあがる情熱に身をゆだね、めくるめく喜びを彼と分かち合った。

レイフが離れたとき、アントニアは喜びをもぎ取られた気がした。彼の目は満足げに輝き、おもしろがっている節さえうかがえる。なんという、得意そうな顔だろう。私は呼吸さえままならず、まともにものを考えることができないというのに。

クラクションが鳴り、アントニアは我に返った。

「リムジンの窓に目隠しが施されていてよかったよ」レイフはささやきながら、彼女の首から喉、そして胸へと、指で撫で下ろした。所有権を主張するかのように。

たちまち体が勝手に歌いだし、アントニアは彼の手が憎らしくなった。

レイフは悪魔じみた笑みを浮かべた。「今夜が楽しみだ」

7

彼女は期待を裏切らなかった。

その晩、レイフが自室を出てジャケットを羽織りながら居間に入ると、アントニアはロンドンの夜景に見入っていた。

だが、レイフに言わせれば、眺めるに値するのはただひとつ、アントニア自身だった。体の大半は長いコートで隠されているにもかかわらず、彼女は実に魅力的だった。足もとで揺らめく赤いドレスと、ちらりとのぞくピンヒールの靴が、レイフの心をとらえた。アントニアの脚はまだ見たことがないが、何度も想像した。シルクのようななめらかな肌に、セクシーな靴。完璧(かんぺき)だ。

たちまちレイフの下腹部はこわばった。

髪は今夜も結いあげられているが、いつもよりふんわりと柔らかく、軽く引っ張るだけで簡単にほどけそうだ。

なんという大胆な誘惑だろう。

レイフは身をかがめ、彼女のうなじに唇を押し当てて、エキゾチックなシナモンの香りを吸いこんだ。香水なのか、それとも彼女自身の香りなのかわからないが、欲望を直撃するのは確かだ。それとも、この興奮は、ほっそりした女性らしい体つきによるものだろうか？　そんなことを考えながら、レイフは彼女を背後から抱き寄せた。

アントニアは一瞬、身を硬くしたものの、すぐに体の力を抜き、彼に身をあずけた。

けさの様子からして、もっと抵抗するのではないかと思ったが、おそらく警告が功を奏したのだろう。

だがまあ、そんなことはどうでもいい。レイフはアントニアの首筋に唇を這わせることに専念し始めた。

そして、彼女の肌を細かな震えが走るのを認め、ますます興奮をあおられた。こうまでアントニアに心を奪われる自分に、レイフは驚いた。この調子では本来の目的を忘れてしまいそうだ。

「ミンクかい？」レイフは彼女の耳もとにささやき、毛皮を撫でた。

「まさか」アントニアは彼のたくましい腕の中で身を硬くした。「人工よ」

「毛皮をまとうことには反対なのか？」レイフは尋ね、彼女の耳の後ろにキスをした。アントニアが何を着ようとかまわないが、もう一度、声を聞きたい。

彼女のハスキーな声を聞くと、背筋がぞくぞくする。

しかし、彼女はレイフの腕を逃れ、彼と面と向かった。輝く茶色の瞳に、聖母マリアを思わせる卵形の顔、つややかなルビー・レッドの唇。レイフは心を揺さぶられた。たとえ、威圧的な女教師のような表情を取りつくろっていても。

「本物の毛皮と保温性に変わりはないわ。それに、見かけも柔らかさもほとんど変わらない。どうしてわざわざミンクを欲しがる理由があって?」

「それとまさに同じ理由で、高級ブランドの服を着たがる女性は星の数ほどいる。そういう鼻持ちならない服を着て見せびらかしたり、夫や恋人がそういう金を惜しみなく出してくれることを確認したりするためにね」

アントニアは目を細くして、値踏みするかのように彼を見上げた。「あなたはつくづく、女性を低く評価しているのね」

「とんでもない」レイフはかぶりを振った。「すばらしい女性も何人か知っているよ。だが、経験上、派手な消費が名誉の勲章で、自分のステータスを証明するものだと思っている女性は、かなり多い」

「私のように、というわけね」アントニアは皮肉まじりに言った。

「思い当たる節があるなら、そうかもしれないな、スウィートハート」意外にも、彼女は自分の貪欲ぶりを自覚しているらしい。だとしたら、善人ぶる必要はないはずだ。

アントニアは姿勢を正し、怒りもあらわに目をつりあげた。レイフは来るべき攻撃に備えたが、ほどなく闘いの炎は消え、彼女の表情はそのまま冷めていった。

レイフは眉を寄せた。黙りこむよりは反抗されたほうがはるかにいい。「反論しないのかい?」彼はけしかけた。

アントニアの口もとにかすかな笑みが浮かんだ。一瞬、氷の割れる音が聞こえた気がし、レイフははたと気づいた。反抗心は消えたわけではなく、覆い隠されたにすぎない、と。

「愛人には従順を求めるのではなかったかしら?」

アントニアは少し間をおいて言葉を継いだ。「でも、せっかくだから言わせてもらうなら、〝スウィートハート〟はやめて」

「かまわないよ……ダーリン。僕はいつでも、臨機応変に対処できる。それで女性が喜んでくれるなら、なおのこと」

アントニアの目がきらりと光った。非難だろうか、とレイフは思いを巡らせた。それとも嫌悪？　いや、好奇心かもしれない。

「注文があったら遠慮なく言ってくれ。なるべく君の期待にそえるよう努力する」レイフは請け合った。

「それは私の役目ではなかったのかしら？　相手の期待に応（こた）えるというのは？」アントニアは挑発するように顎を上げた。「そのために私を買ったんでしよう？」

彼女の言い方が癇（かん）に障るのはなぜだ？　レイフは自問した。事実を率直に述べるのは僕の流儀にかなっているし、よくある女性の二枚舌よりはるかに好感が持てるはずなのに。きっと愛人というものに、僕自身まだ慣れていないせいに違いない。

「喜びは一方通行ではなく、双方向であるべきだ。僕が自分の満足を追求するだけで、君の求めには応じないとでも思っているのか？」

アントニアはまばたきひとつせず、じっと彼を見つめている。何を考えているのか、まったく読めない。その一方で、欲望はみるみる大きくなり、レイフの下腹部は熱くなった。

「私のほうは、あなたに求めることなんか何ひとつないわ」

そっけない口調だが、彼女の喉もとの脈を見れば、動揺しているのは明らかだ。冷静なふりはしていても、僕と同じく、情事のことを気にしているに違いない。みずみずしい唇をレイフはもう一度味わいたくなった。だが、もう時間がなかった。今夜は大事な仕事が控えている。その男を破滅させるために、僕はわざわざイギリスまでやってきたのだ。彼は唇の端に罪のないキスをしただけで上体を起こし、彼女の腕を取った。

　アントニアとの外出をこれほど楽しみにしている自分がレイフは不思議でたまらなかった。しかも楽しみなのは、間近に迫りつつある情事だけではない。あるいは、スチュアート・デクスターに彼女を見せびらかすことだけでもない。たったいまの応酬のせいで、彼の血はたぎり始めていた。

　これが何を意味するのか、いずれじっくり考えてみる必要がありそうだ、とレイフは思った。

　一時間後、レイフは父親の顔をじっと見ていた。なんのきずなも感じなければ、復讐を実行に移すことに罪の意識もわいてこない。

　母の長い苦しみを思えば、決意が揺らぐことはなかった。スチュアート・デクスターはさげすむべき男だ。

　デクスターの様子にレイフは大いに満足した。派手な外見と、世故に長けたような態度。そんなものは、当人のいらだちと絶望を隠しているにすぎない。レイフはにやりとした。

　デクスターはそれを肯定的な笑みと受け取ったらしく、にっこりと笑い返した。「なんという偶然。こんなところでお会いするとは」

「まさに」レイフは短く応じ、デクスターがボータイを整えるさまを見守った。どうやら、話をまとめようと意欲満々らしい。なにしろ僕が連絡に応じたとたん、すべてをほうりだしてロンドンに戻ってきたのだからな。次の取り引きを僕に出資させようと、必死なのだろう。望むところだ。喜んで手を貸そう。破滅への道に向けて。

「どうやら今回の申し出を、個人的に検討していただけたようですな。すばらしい」

デクスターは笑みを浮かべた。中古車のセールスマンが見せるように、歯をむきだしている。

「私は責任者とじかに話すのが好きでしてね。そのほうが貴重な時間を無駄にしないですむ」デクスターはもったいぶった口調で話し続けた。「弁護士や会計士のおしゃべりは省いて、責任者同士が話し合えば、取り引きが可能かどうかその場でわかるというものです」

「つまり、面倒な手続きは抜きにしたいということですか？」レイフは丁重に尋ねた。

「なんの値打ちもないおしゃべりに縛られる理由がありますか？」

「法にのっとり、公明正大さを維持することは大切です」

「それは、ごもっとも。ですが、互いの意見が一致して紳士協定が成立するなら、そちらを重視するべきでしょう」

レイフはうなずき、デクスターに話を続けさせた。この男はいつもこうやって、投資家たちに資金を拠出させてきたのだろうか？ 紳士協定の話などを持ちだして。

デクスターのやり方は、厳密な意味では詐欺ではない。その証拠はつかめなかった。しかし彼は、金融当局の連中に便宜を供与している。それは違法すれすれと言っていい。

金融の才覚に恵まれ、成功と名声を手にする一方で、デクスターはトップの座を維持するための倫理に欠けていた。華々しい成功もあるが、危うい判断も多い。結果として、彼が泥沼を脱し、新たなスタートを切るたびに、小規模の投資家たちがすべてを失った。

そうした視点に立つと、レイフには、デクスターの手段を選ばないやり方に終止符を打つことが、自分の義務のようにも思えた。彼の個人的な復讐が世の中に計り知れない恩恵をもたらすのだ。

自分の思いに気を取られていたレイフは一瞬、相手のおしゃべりがやんだことに気づかなかった。見ると、デクスターの注意は部屋の反対側に向いている。

レイフにはデクスターの見ているものがわかった。というより、彼が見ている人物が。デクスターの呆然とした表情を目にして、レイフはほくそ笑んだ。アントニアを愛人として確保したのはまさに大正解だった。

彼女はレセプション会場に着いてすぐ化粧室へ行き、改めて会場内で落ち合うことになっていた。

人ごみの中でも彼女の居場所はすぐにわかった。まばゆいドレスが灯台のように人目を引きつけている。地味で目立たないのは困ると言ったが、その心配はまったくない。アントニアが通ると、いくつもの頭が振り返り、見とれているのがよくわかる。彼女が自分のもの、あるいは、もうすぐそうなるのだと思うと、レイフは男心をくすぐられた。

スーツ姿の何人かがわきへ寄り、アントニアの全身がちらりと見えた。とたんにレイフの心臓は早鐘を打ちだし、口の中がみるみる乾いていった。全身の肌がかっと熱くなる。

くそっ！

あの服に、いったいいくらつぎこんだんだ？　ドレスは彼女の体をすっかり覆っているようで、その実、あらゆる曲線をくっきりと映しだしている。これだけの人の中をどうすればそんなに落ち着いて歩けるのか、レイフには見当もつかなかった。ドレスは彼女のほっそりしたウエスト、ヒップ、腿を忠実になぞったのち、裾に向かって広がり、彼女が歩くたびに足のまわりで軽やかに揺れた。

まさにダイナマイトだ。危なっかしいハイヒールを覆いた、セクシーなヴィーナス。見ているだけで、頭に血がのぼる。

彼は不意に、今夜の計画をすべて放棄し、いますぐアパートメントへ帰りたくなった。

ぽかんと口を開けたままのデクスターをその場に残し、レイフはアントニアのもとへ歩いていった。人垣をかき分けながら進んでいくと、彼女を囲んでいるのは男ばかりだった。

アントニアと目が合う。一瞬、その目に不安が映っているのを見た気がして、レイフは驚いた。まさか。光のいたずらだ。派手なドレスを無頓着に着るからには、女としての魅力にかなりの自信があるに決まっている。

彼女の周囲に群がる男たちを、レイフは最後は力ずくで押しのけなければならなかった。これまで生身の女性を見たことがないのかと思うほど、彼らはアントニアに夢中だった。

「アントニア」図らずも、レイフの声が険しくなる。

「レイフ」アントニアは彼を見上げ、かすかな笑みを浮かべた。

その瞬間、レイフは衝撃に打たれた。アントニアが純粋な笑みを彼に向けるのは初めてだった。いや、彼女は僕の指示に従っているだけだ。親密そうに振る舞えという僕の指示に。レイフはそう思ったが、彼女の笑みがもたらす絶大な効果に変わりはなかった。

彼はアントニアの手を取り、所有権を主張しようと引き寄せた。

周囲の男たちの羨望のまなざしが、妙にうとましい。これまでも彼のパートナーは華やかな女性ばかりで、羨望の的になった。だから、本来こういうことには慣れているにもかかわらず。

「ずいぶん派手な登場だな」レイフはささやいた。

「〝地味では困る〟でこれなら、〝目立て〟と指示されたあかつきには、いったいどうなるのかしら」

アントニアが小さく肩をすくめると、それに合わせてしなやかな布が揺れた。首から足もとまですっかり覆われているとはいえ、そんなことは関係ない。このような贈り物を差しだされたら、男は誰しも、包みを開けたくてじっとしていられなくなる。

できるなら、レイフはドレスをそっと撫で、生地の上から甘美な曲線を味わいたかった。だが彼女を連れてきたのには目的がある。スチュアート・デクスターに見せつけること。彼女はもはや手の届かない存在なのだと、ろくでなしに思い知らせなくては。

不意に、彼女とデクスターがスイスのナイトクラブで一緒にいた場面がよみがえり、レイフの顎がこわばった。デクスターは彼女の背中に両手をまわし、体を押しつけていた。

デクスターがあれだけアントニアにご執心だったのは、彼女をまだ自分のものにしていなかったからだろうか？　それとも、二人は愛人同士で、すでに彼女はその扇情的な体をデクスターの前にさらしたのだろうか？　そう考えた瞬間、レイフは万力で肺を締めつけられたような痛みに襲われた。

「おいで、アントニア。みんなに紹介しよう」レイフは彼女の背中に手を添えた。

その手が素肌に触れたことに気づき、レイフは凍りついた。温かくなめらかな、生身の肌だ。彼は背中のくぼみに指を広げ、その手を腰へと滑らせた。その間に彼の手に触れた布は、おそらくドレスが滑り落ちるのを防ぐための細いストラップだけだった。

アントニアはまっすぐに彼の視線をとらえ、物問いたげにかすかに眉を上げている。

いったいどういう服なんだ？　体の大半を覆っているとはいえ、背中は何も着ていないのと同じだ。

レイフは声を落とした。「そのドレスはよほど高価で、僕には半分しか布代が払えないと思ったのか」

い？」

　意外にも彼のジョークにアントニアは笑った。今度こそ、本物の笑みだった。心を引きつけてやまない、輝くばかりの笑顔。しかしあっけなく、笑みは消えた。

「大丈夫よ、レイフ……」

　彼女の舌先で転がる自分の名の響きに、レイフの背筋に震えが走った。

「払えない額ではないわ。華やかにしろと言われたから、そういう服を選んだだけよ」

　華やかどころではない、とレイフは思った。罪深いほどセクシーで、露骨と言ってもいいくらいだ。まわりに群がる男たちにどんなメッセージを発しているかは明らかだ。彼女の背中をコートで覆いたくなる衝動を、レイフはぐっと抑えつけた。

　エレベーターで最上階を目指すレイフの表情は険しかった。重苦しい沈黙の中で、彼は何がどこでおかしくなったのか思案した。

　アントニアを愛人として見せびらかす作戦は絶大な効果を発揮した。デクスターはよだれを流さんばかりの勢いでアントニアのそばに近づいてきた。彼の顔ににじんだ怒りと悔しさも、レイフは見逃さなかった。

　対するアントニアは、みごとなまでに無関心かつ冷淡な態度で臨み、どうしても必要な場合を除き、デクスターに対してはろくに返事もしなかった。そのため、デクスターはますます機嫌を損ねた。

　驚いたことに、アントニアはレイフにぴったり寄り添って親密さを演じるという芸当までやってのけた。結局、レイフはひと晩じゅう、彼女の腰に腕をまわしていた。むきだしの背中に手が触れるたびに気が散り、平静を保つにはかなりの努力を要した。

　結果として、デクスターの嫉妬（しっと）と欲求不満をあおることには成功したものの、レイフ自身も落ち着かず、いらだちがつのった。アントニアのまわりには、獲物を囲む狼のごとく男たちが群がり、レイフは彼らを退けるのに大わらわだった。こんなはずではなかった、とレイフは気がめいった。

彼にとってさらに想定外だったのは、アントニアがナショナル・ギャラリーの権威あるパトロンと交わしていた、美術館の天井画を巡る会話だ。

いまも当初の場所に残っているのがルーベンスの作品くらいだと、彼女は言った。誰がそんなことを気にかけるだろう？

アントニアは、オランダの主要作品を紹介した最近の展覧会はとてもすばらしかったとも言った。

レイフは驚いた。てっきり彼女の専門は、デザイナーズ・ブランドだろうと思いこんでいたのだ。

「こんなに遅くまで出歩いて、よく次の日も朝から仕事ができるわね」

レイフが玄関ドアを閉める傍らで、アントニアが言った。

「それとも、明日はゆっくり出かけるの？」自分が冗舌になっていることは自覚していたが、こうして二人きりになると、アントニアは無言でそばに立つレイフの存在を意識しないではいられなかった。それに、目と鼻の先にある寝室の存在も気になった。

彼女の緊張はつのるばかりだった。

今日はずっと、この瞬間のことを考えまいと努めてきた。とはいえ、すでに二日の猶予を与えられている。これ以上の日延べを期待するほどアントニアは愚かではなかった。

「いや、いつもどおりだよ」

アントニアは、レイフの視線を痛いほどに感じた。それを避けてキッチンへ行こうと彼女は体の向きを変えた。お茶でも飲めば、少しは気持ちが落ち着くかもしれない。

「まだだ」

険しい声で呼び止められ、アントニアは凍りついた。お願い、もう少し待って。

身も心もくたくたで、めまいがする。眠れぬ夜に加えて、今夜のスチュアート・デクスターとの再会。そのときのショックを思い出し、アントニアの肌は粟立った。まさかデクスターがレイフの取り引き相手だったなんて。

アントニアはずっとレイフの陰に隠れていた。レイフといる限り、デクスターが手を出せないことはわかっていた。デクスターの顔にはまざまざと怒りが浮かんでいた。レイフに頼るのは情けないと思いつつも、彼のそばにくっついていた。

「疲れているの」実際、頭もずきずきする。ストレス性のものだろう。

「たとえそうであっても、話し合いが必要だ」

話し合い？　アントニアの肩から力が抜けた。

レイフが歩み寄ってきて、彼女の前に立ちはだかった。脚を開き、ズボンのポケットに両手を突っこんでいる。顎にかすかに浮き出ている髭は、世の女性たちにはセクシーに映るかもしれない。

アントニアはふと、今夜、彼女の感覚をくすぐり続けていたレイフの肌のにおいを思い出した。それから慌てて記憶をわきに押しやった。

不意にレイフの顎がこわばるのがわかった。ブルーの目が警告するように光を放っている。今夜、レセプション会場に足を踏み入れたときに感じた視線と同じだ。あのときは、彼の意表をついてひと泡吹かせることができたと感じ、得意になった。だが、そんな喜びはとっくに消えていた。

「そのドレスは二度と着ないでほしい」

思いもよらない言葉に、アントニアは驚いた。

このドレスを着るには相当の勇気を要した。レイフの要求に、なんとしても応えなければ、自分がみじめになるのは明らかだった。レイフの愛人になったことは紛れもない事実だ。それなら、事実を誇示して、一時的に彼に所有されることなど自分にとってはなんでもないのだと証明してみせよう。アントニアはそう思った。実際、勇気を奮い起こして挑戦したおかげで、皆のしたり顔にもひそひそ話にも負けることなく、毅然としていられた。

「お気に召さなかった？」アントニアは片方の眉を上げた。戦闘意欲がわき起こり、頭痛はあっさり引いていった。

「華やかなのと、必要以上に挑発的なのとはまったく異なる」

険しい口調から察するに、どうやら機嫌はよくないらしい。けっこうよ。私だって同じよ。アントニアはコートを脱ぎ、レイフの視線を意識しながら椅子の背にかけた。

いい気になって彼を挑発するべきでないと、アントニアはわかっていた。あまりに危険すぎる。しかしこうして非難されると、危険などどうでもいい気がした。いずれにせよ、絶望に打ちひしがれるよりはましだ。「華やかな服というのは、そもそも挑発的なものよ」

「僕が求めているのは、上品な華やかさだ」レイフは吐き捨てるように言った。「安っぽい娼婦もどきの格好ではない」

「まあ、驚きだわ」アントニアはわざとらしく目を見開いた。「オーストラリアの娼婦は、よほど立派な身なりをしているのね。この服は特別なブティックで買ったのよ」実のところ、高級服の古着を破格の値段で扱っている店で買ったものだが、この場で打ち明ける必要はない。レイフには彼のクレジットカードで散財したと思わせておけばいい。

「とぼけるんじゃない。僕の言わんとすることはわかるはずだ」

「正直、わからないわ。あなたの注文は、目立つことだったはずよ。だから、赤にしたのに」彼女は指を折って数え始めた。「そして、華やかであること。これはクラシック部門のデザインよ」二本目の指を折って続ける。「それから、今夜の場にふさわしいこと。このドレスは間違いなくフォーマルだわ」三本目の指を折る。

「その背中はどうなんだ?」

アントニアは首をかしげた。「あなたほど世慣れた男性が、女性が少し肌を見せるくらいで動揺するわけ?」

「少しどころではない」レイフは顔をしかめた。

アントニアは信じられないとばかりにかぶりを振った。「これくらい、どこの海岸でも見られるわ。しかも背中でしょう。胸の谷間でも、脚でもなく」

レイフが前に踏みだし、二人の距離がつまった。いつものアントニアなら、ブルーの目でにらまれただけでくじけていたに違いない。ところが、ストレスが続いて感覚が麻痺(まひ)してしまったのか、彼女は急に大胆な気分になり、恐怖を感じなくなっていた。

「議論をふっかけるのはやめるんだ。君に勝ち目はない」脅して従わせようとするかのように、レイフは射すくめるような視線を彼女に投げかけた。「背中の開いたドレスは禁止だ。いいな?」

「はい、わかりました、ご主人さま」アントニアはわざとおもねった口調で答えた。

次の瞬間、抵抗する間もなく、アントニアはレイフに唇を奪われた。罰するための残忍なキス。けれどもなぜか、彼女に驚きはなかった。

8

熱い体とともにたぎる怒りをぶつけられ、アントニアの反発はたちどころに消えた。

レイフに両手で強くつかまれ、たくましい胸にきつく抱き寄せられて、息ができない。しかも、彼のキスはますます濃厚になっていく。

しかし、やがて彼は不意に唇を離した。

アントニアは後ろによろめいた。その拍子に、レイフの目に宿る熱い炎に気づき、息をのんだ。胃がすとんと落ちていくような感覚が生じ、心臓が早鐘を打ちだす。

アントニアは悟った。ついにこのときが訪れたんだわ。報いを受けるときが。


レイフの中ではいらだちが渦巻いていた。僕はずっと耐え続け、紳士的に振る舞い、寛容な態度で接してきた。だがもう、限界だ。

僕が今夜のレセプションに出席したのは、彼女と一緒にいるところを見せつけ、デクスターに嫉妬させるためだった。ところが、僕は一刻も早く彼女と二人きりになりたくて、落ち着きを失ってしまった。だが、ようやく二人きりになれた。

そう思ったとたん、いらだちはやわらぎ、ゆっくりと満足感が広がった。

レイフは無言でアントニアの手を取った。ひんやりしている。僕のクールな愛人にふさわしい。僕から金をもぎ取る手腕はみごとだった。そろそろお返しをしてもらわなくては。

アントニアの問うようなまなざしに、レイフは彼女の体の向きを変え、手を握って廊下を歩きだした。

「レイフ？」

彼女の荒い息遣いが耳に快い。

レイフは部屋の明かりをつけ、アントニアを中へ引き入れた。胸のふくらみを覆うしなやかな生地が波打つさまを、柔らかな明かりがとらえる。小悪魔め！　これは本気で楽しくなるぞ。

自分の腰にアントニアの手をあてがうと、たちまちさざなみのような震えが生じ、下腹部へと伝わった。なんと繊細で、女らしい手だろう。その手が僕の素肌をさまよう瞬間が待ちきれない。

「さあ、アントニア」レイフは熱をこめてささやいた。「そろそろ取り引きを実行に移すとしよう」

レイフの目はアントニアに釘づけになった。求め続けていたものがいよいよ手に入る。純然たる欲望を覚えるなかで、彼は喜びを噛みしめた。

彼がジャケットを脱いで椅子にほうり投げるさまを、アントニアは息を凝らして見守った。

器用な指がボータイを取り、続いてシャツのボタンを上から外していく。アントニアの目は、彼のあらわになった喉もとに吸い寄せられた。

本来なら、パニックに襲われてもおかしくはない。あるいは、激しい嫌悪がこみあげても。

けれどもレイフに手を取られ、彼の胸に押しつけられても、アントニアの中に恐怖は生じなかった。その代わり、体の内側で欲望がはじけ、全身を揺さぶった。自分の身に何が起きているのか、彼女は見当もつかず、気づいたときには固い胸板に指を広げていた。

「そう、僕に触れるんだ」レイフは彼女を抱き寄せ、背骨に沿って両手を下へと滑らせた。

彼の体は熱く、紛れもない欲望のあかしがアントニアの下腹部を圧迫する。それでも、彼女の中に嫌悪やためらいは生じなかった。感じるのは、体をきりきりと締めあげる奇妙な渇望だけだ。

どうしてこんなことが起こりうるの？　アントニアは不思議議でたまらなかった。脚の付け根に興奮の波が押し寄せてくる。

私はレイフを求めているんだわ。彼の厚かましい欲望を喜んで迎えようとしている！

初めて経験する差し迫った感覚がアントニアの全身を貫いた。体じゅうの神経がレイフを望み、彼の体とぬくもりを求めてざわめいている。

「そう、それでいい」

レイフの頭が明かりを遮り、再び唇が重なった。アントニアは目を閉じ、全身で彼を感じながら、めまいを誘うムスクの香りを胸いっぱいに吸いこんだ。レイフにぴたりと抱き寄せられ、生々しい官能の魔力を実感せずにはいられない。キスは延々と続き、彼女は陶然となった。

こんなふうに反応してしまうのは、ほかにどうしようもないからよ。でも、私は……。

不意に肩をつかまれ、アントニアは彼から引きはがされた。肩で息をする彼女を、熱を帯びた青い目が見下ろしている。キスだけでこうなってしまうのだから、もし体を重ねたら……。アントニアは我が身の反応が怖くなった。

「脱ぐんだ」レイフは命じ、彼女の肩をそっと押して後ろに下がらせた。

突然の命令に驚き、アントニアは目をしばたたいた。レイフはベッドに腰を下ろし、腕を後ろについて悠然と眺めている。

「服を脱いで、君を見せてくれ」

アントニアは無言で彼を見つめた。きっと冗談だわ。レイフは笑っているはずよ。彼女は息を凝らして、次に彼が何か言うのをじっと待った。

レイフの唇の片端が上がった。しかし、笑ったわけではない。彼の目に映っているのは、欲望といらだちだ。

本気だとアントニアは察した。レイフ・ベントンのような人物を甘く見ると、こういう目に遭うんだわ。彼はきっと、私が素直に従わなかったときのことをひとつひとつ思い出し、報復しようとしているのよ。まずは屈辱を与え、それから情事に及ぶつもりに違いない。

恐ろしい緊張がアントニアの全身に走り、肌が冷たく張りつめた。

レイフが口を開いた。命令を繰り返すつもりなのだろう。絶望に駆られながらもアントニアは意志の力を奮い起こし、ドレスの肩に手をかけた。薄い生地を無造作に下ろして腕を抜くなり、ドレスの身ごろは腰からだらりと下がった。

ぴったりしたドレスを脱ぐためには、体をくねらせなければならなかった。それでもなんとか下へとずらしていき、ほどなくドレスはするりと足もとに落ちた。

炎のように熱い屈辱が身を焦がすのを感じつつ、アントニアは恐る恐るドレスから抜けだした。そして、身をかがめて靴のひもを外しかけたとき、レイフの声が響いた。

「靴はそのままでいい」レイフの声はかすれ気味だった。

アントニアは、ベッドの端に結ばれた透明なカーテンに視線を据え、ブラジャーの前部の留め金に手をかけた。指が震え、なかなかうまく外せない。

「おいで」レイフが再び命じた。「自分の手でやったほうが楽しいこともある」

アントニアの全身に力がこもった。彼の手が私に触れるというの？　動揺するあまり胃が引きつり、体が小刻みに震えだす。それでも彼女はレイフに近づき、彼の脚の間に立った。そして顎を上げ、ひたすらカーテンを見つめ続けた。彼さえ見なければ、これは幻想だと自分自身を欺くことができるかもしれない。

　しかし、レイフの長い指がブラジャーの前部の留め金を外す感触はあまりに生々しく、現実以外の何ものでもなかった。彼がブラジャーのストラップを肩から滑らせると、アントニアは息をのんだ。沈黙が垂れこめるなか、彼女は脚の震えを止めようと、腿に力をこめた。

　ひんやりした空気があらわになった胸を撫でる。彼女が大きく息を吸うと、図らずもレイフに向かって胸の頂を突きだす格好になった。それでも彼は無言のまま身じろぎひとつしない。

　次はどうすればいいの？　残りの下着も脱げということ？

「君は本当に美しい。どこもかしこも」レイフがとがめるようにつぶやいた。「もちろん、自分でもわかっているんだろうが」

　アントニアは顔をしかめた。レイフはいったい、私になんと答えさせたいの？

　ところが次の瞬間、頭の中が真っ白になり、すべての思考が停止した。レイフの手が胸のふくらみを包み、せわしなく動いている。未知の衝撃がアントニアの体を駆け抜け、彼女はなすすべもなくあえぎ声をもらした。

「気に入ったかい？」レイフのざらついた声には、紛れもない満足感がにじんでいた。「じゃあ、これも気に入るはずだ」

　レイフが胸の先端をすっぽり口に含むや、アントニアははじかれたように大きく身を震わせた。

「じっとして」

　そっとささやく唇の動きが敏感な頂に伝わり、アントニアは声をもらした。さらに彼はアントニアを右手で抱き寄せ、残る左手で驚くほど優しく胸のふくらみを包みながら、硬くなった頂を口でたっぷりと味わった。

アントニアはいまにも膝からくずおれそうだった。まぶたが閉じられ、体が前にかしぐ。そのまま彼女はレイフに胸のふくらみを押しつけ、彼の唇が紡ぎだす快感に身をゆだねた。なんてすばらしい感覚だろう。

体の奥がうずき、アントニアは脚に力をこめた。自らの意思に反して、体は彼の愛撫に反応してしまう。

「目を開けて」レイフがささやいた。

アントニアが素直に目を開けると、明かりがまぶしかった。

「僕を見て」

アントニアはしかたなく、ゆっくりと視線を下に転じた。黒い髪、燃えるようなブルーの瞳、筋の通った鼻……。彼の歯が薔薇色の頂をそっと噛み、続いてもう一方へと移動するさまが目に入った。舌を這わせながらも、レイフの目はずっとアントニアの視線をとらえて放さない。純然たる欲望が電光石火のごとくアントニアの体を貫いた。

彼女の顔を見つめながら、レイフがようやく顔を上げた。さらなる愛撫を求めて胸を突きだしそうになるのを、アントニアはやっとの思いでこらえた。

「今度は君の番だ」レイフは言った。「僕の服を脱がせてくれ」

アントニアは声にならない声で拒んだものの、逃れようがないことはわかっていた。

彼女は、レイフの半ばはだけたシャツに手を伸ばした。ボタンをひとつ外すたびに、ブロンズ色の胸と腹部が少しずつあらわになっていく。彼女は口の中が乾くのを覚えながら裾を引きだし、シャツを脱がせて床に落とした。

レイフ・ベントンは、企業家ではなく、男性モデルとしても、ひと財産を築いただろう。アントニアはそう思いながら、たくましい上半身を目でなぞった。どこをとっても完璧(かんぺき)だ。

「まだある」欲望を声ににじませ、レイフはからかうように促した。

アントニアははっとして目をしばたたいた。

しかたなく彼女はレイフの前に膝をつき、靴ひもをほどいた。もちろん彼は、この光景を楽しんでいるに違いない。

靴と靴下はあっさり脱がせることができ、アントニアは立ちあがった。そして一瞬ためらったのち、意を決してレイフのベルトに手をかけた。ゆっくりとバックルを外し、ベルトを緩める。間をおかずにズボンのボタンに手を伸ばし、内側に指を忍ばせた。その指が、熱くほてった肌に触れた瞬間、レイフがびくっと震え、すばやく息を吸う音が聞こえた。

つまり、私だけではないのね。アントニアはわずかに落ち着きを取り戻し、ファスナーを下ろしてズボンを床まで下げた。

「あと一枚」レイフが低い声でささやいた。

アントニアはおずおずと手を伸ばし、最後の下着を下ろした。途中で生地が引っかかると、レイフは手を貸し、自らもどかしげに脱ぎ捨てた。

彼の体を見たいという衝動を必死に抑えたが、そんなのはとうてい不可能だった。レイフ・ベントンはすべてが美しかった。そして目の前の高まりが自分を求める思いの表れだと思うと、アントニアは屈辱を感じるほどに興奮をあおられた。

そのあとは何がどうなったのか、アントニアにはよくわからなかった。めまぐるしい動きと、初めて体験する親密ですばらしい感覚。アントニアは一瞬のうちに靴と下着を脱がされ、気づいたときには、激しい情熱を秘めたまなざしにつかまり、催眠術にかかったも同然になっていた。

あのときと同じだわ。初めて出会ったときに二人の間に生じた熱い波動と、体の芯(しん)まで焼きつくされるような欲望の炎。

「お遊びは終わりだ」

レイフはうなるように言い、アントニアを抱きかかえてベッドに横たえた。彼の手がゆっくりと柔らかな肌を伝い、触れた箇所に火をともしていく。レイフは両手で彼女の顔を挟み、唇を重ねた。それは、力を見せつけるためのキスではなく、喜びを味わうためのキスだった。

不安は去り、怒りさえも消えて、アントニアは誘われるままにキスを返した。感情を切り離しておくはずだった。なのに、いつの間にあきらめたのか、レイフの顔に映った情熱と喜び、そしてどこか優しげな表情は、いとも簡単に彼女の心の砦をすり抜けた。

レイフの手は恋人の手さながらだった。思いやりと信頼にあふれ、アントニアを知りつくしているかのようだ。自在に彼女の腿に触れ、一方の脚を上へ向かったかと思えば、もう一方を下へと滑らせる。そして、途中で必ず速度を落とし、彼女の最も秘めやかな部分に触れていく。やがて目的をもってきっぱりと、その情熱の源泉を愛撫する。その間ずっと、レイフは彼女の目を見つめていた。

ほどなくアントニアの体は喜びの炎に焼かれ始めた。両腕を立てて覆いかぶさってきたレイフを、彼女は喜んで迎えた。プライドや恥といった考えは、脳裏をかすめもしなかった。彼女はレイフの背中に腕をまわし、汗で滑る肌に手のひらを這わせた。彼女にとっては、いまこの瞬間が存在するだけだった。

レイフの動きが止まり、分厚い胸がアントニアの上で大きくせりだした。たちまち彼のぬくもりとムスクの香りに包まれる。

「いいかい？」

彼が確認を求めたことにアントニアは驚いた。

だめなわけがないわ。私は彼を求めている。たとえそれが間違いであろうと、全身全霊でこの親密なひとときを求めている。

　アントニアが無言でうなずいた瞬間、この世がひっくり返ったような衝撃とともに、二人はひとつになった。その驚くべき事実を彼女が理解する間もなく、今度は体の底からいきなり熱い波がわき起こり、全身の筋肉に力がこもった。思わずしがみつくと、レイフはそれに応(こた)え、もう一度ゆっくりと身を沈め、彼女の体の芯にまで達した。アントニアの全身に、えも言われぬ衝動が広がった。恍惚(こうこつ)の中で彼女は目を閉じた。そしてさらなる高みへと誘うハスキーな声を聞きながら、ずっとレイフの青い目を思い浮かべていた。

　やがてアントニアが信じがたいクライマックスを迎えたとき、完璧なリズムを刻んでいたレイフの動きに乱れが生じ、彼も激しく体を震わせて自らを解き放った。レイフの喉から絞りだされるような叫びがアントニアの耳の中でこだまし、彼の激しい脈動を体の奥で感じた。

　レイフの体から力が抜け、大きな体がぐったりとアントニアの上にのしかかった。あらゆる理屈に反して、これでいいのだ、と彼女は思った。ありえないことかもしれないが、たったいま二人が分かち合ったものは、すべてを忘れてしまうほどすばらしかった。

　しばらくしてレイフが半身を起こしアントニアの顎を持ちあげたとき、彼の指はかすかに震えていた。二人の視線がからみ合う。アントニアは彼の目に、自分と同じショックが映っていることに気づいた。そこに映っているのは、アントニアと同じ驚きであり、彼女を自分の気まぐれに従わせようとする高慢な暴君の面影はみじんもない。

「アントニア」

　呼びかけるその声さえ、これまでとは違って聞こえた。あふれる感情を映したハスキーなささやき。

再びレイフは唇を重ねた。ゆっくりと、優しさをこめて、まるで世にも大切な宝を愛でるかのように。アントニアは嬉々として彼に身をゆだね、自らも愛撫を返した。

もやの中から抜けだすような感覚とともにアントニアは目を覚ました。部屋の明かりはいまもついたままだ。全身がけだるく、喜びの名残を感じさせる。しかし、何かが違っていた。先ほどまで全身を包んでいた強烈な熱気が消えている。

アントニアは手を伸ばした。レイフがいない。

背後であがった物音に、彼女ははっと振り返った。レイフが脱ぎ捨てた服を腕に抱え、ベッドの傍らに立っていた。

「何をしているの？」不吉な予感に声がかすれる。

「服を集めているんだ」なぜそんなことをきくのかと言いたげに、レイフは眉間にしわを寄せた。

「どうして？」

「君に洗濯をさせるつもりはないからさ」彼は淡々と応じた。「どう考えても、君はもっと別のことに向いている」

レイフは彼女の肩に落ちた髪から乱れた毛布へと視線を移し、続いてベッド全体を見渡した。彼の口もとにゆっくりと満足げな笑みが浮かぶのを見て、アントニアは凍りついた。

「ぐっすりおやすみ」レイフはドアへと足を向けた。

「どこへ行くの？」アントニアはとっさに尋ねた。つい声が険を帯びる。

レイフは立ち止まり、振り返った。その顔には人を寄せつけない冷たさが浮かんでいた。「ここに着いたときに、たしか言ったはずだ。寝るときはひとりがいい。明日また会おう」

明かりが消え、部屋は闇に包まれた。

私は用済みなんだわ。アントニアは悟った。彼は私の奉仕を期待してお金を払い、その分の回収に乗りだした。そして、ひとまず満足したので、しばらく私に用はない。そういうことなんだわ。

突きつけられた冷酷な現実が、レイフと分かち合った喜びと、思いもよらない心の平和を、あっという間にかき消した。幻想ははかなく砕け散り、アントニアは、これがビジネスの取り引きにすぎないことを思い知らされた。ただの、さもしい取り引きで、決して新しい始まりなどではない。

彼の愛撫に燃えあがった体のあらゆる部分に痛みが走り、アントニアは自分が本物の娼婦(しょうふ)になった気がした。

9

窓の外を眺めながら、アントニアは無意識のうちにレイフのことを考えていた。その腕の中で見知らぬ人間に変わってしまう自分についても。

それは驚くべき事実だった。怒りをいだき、プライドもある。にもかかわらず、アントニアはレイフにあらがえなかった。彼に抱き寄せられるたびに、抵抗の意志はもろくも砕かれ、喜んで我が身を差しだしてしまう。

きっと何か、原因があるはずよ。たとえばレイフとの情事が、これまでずっと抑えてきた感情のはけ口になっているとか。あるいは、本当に彼に惹(ひ)かれているとか?

ありえない。彼は自分のベッドを温めるために、私を買った人なのよ。

アントニアは顔をしかめた。いまの私は毎晩のように、献身的な愛人という役割を演じている。彼に連れられて社交の場に出かけ、帰宅後は彼の私的な要求に応えている。過酷な要求だけれど、彼が寛大な恋人であることも事実だ。悔しいけれど、私は無意識のうちに、レイフとの愛の行為を楽しみにしている。体が満ち足りるあまり、これが単なる取り引きにすぎないことさえ忘れてしまう。とはいえ、眠るときは、いつも朝までひとりぼっち。レイフは出かける前に、私が起きているかどうか確かめようとさえしない。必要なことは、いつも秘書が連絡してくる。

窓をたたきつける雨を眺めるうちに、アントニアの心は濃霧に包まれたように麻痺していった。胸の奥にはいまもうつろな悲しみが横たわっている。そのうえ、このとんでもない状況から逃れるすべはない。

「アントニア、用意はできたかな?」

レイフの声に、アントニアははっと我に返った。ジャケットとビーズのバッグを手に取り、ドアを開ける。「ええ」彼女は彼の目を見ずに答えた。

レイフの視線を全身に浴びながら、アントニアは息を殺してじっと待った。意思とは裏腹に気持ちが高まり、脈が速くなる。

「最高だ」ノースリーブのシャツと黒のスラックスをじっくり眺めたのち、レイフはサンダルに目を留めた。

透明なストラップにラインストーンをあしらった高さ十センチのピンヒールは、まさに愛人の靴と呼ぶにふさわしい。その靴をひと目見た瞬間、アントニアは自分の演じる役にぴったりだと思った。

「そういう光るものが好きなら、ちょうどよかった。

これを贈ろう。たぶん気に入ると思う」レイフは部屋に入ってきて、ベルベットの小箱を差しだした。

贈り物？　アントニアはいぶかりながら、差しだされたものに目を向けた。間違いない、ジュエリーボックスだ。彼女の心からひそかな喜びが消えた。

「開けないのかい？」それまでのおもしろがるような口調が、一転していらだちを帯びた。

アントニアはしかたなく箱を受け取り、ふたを開けた。中にはみごとなイエロー・ダイヤモンドのネックレスとそろいのブレスレットが入っていた。

「ありがとう」アントニアは抑揚のない声で礼を言った。自分の富と愛人を、人に見せびらかすつもりなのね。彼との関係が利害に基づく取り引きにすぎないことを改めて突きつけられた気がして、彼女はショックを受けた。

「ロンドンに来てから、宝石類はまったく身につけていないだろう？」

「ええ」自身の堕落の象徴を見つめ、アントニアは答えた。「あまり好きではないの」

「もったいない。君の肌にはゴールドが最高に映えるというのに。スイスではたしか、オパールのペンダントをしていただろう？」

「ええ」アントニアは慌てて下を向き、ダイヤモンドに見入るふりをした。どうしてそんなことまで覚えているのかしら？　あれは母のいちばんのお気に入りだった。でも、ロンドンに来て真っ先に、ほかのものと一緒に売ってしまった。

胸の奥で頭をもたげかけたいつもの痛みを、アントニアは懸命に抑えつけた。私に残されているのは、思い出だけ。私は本当にひとりぼっちになってしまった。

「ほら、貸してごらん」レイフは器用な手つきで彼女の手首にブレスレットをはめ、それから後ろにまわって、ペンダントを首にかけた。冷たい金属が焼き印のように肌を焦がす。自分がレイフの所有物であることを、彼女は思い知らされた気がした。

レイフは、鏡に映ったアントニアの硬い表情を見つめた。いったいどうしたんだ？「たいていの女性は、この手の贈り物をもらえば喜ぶと思うが」またしても彼女に翻弄(ほんろう)されている自分が腹立たしい。

「そうでしょうね。とても高価そうだもの」

言葉とは裏腹に、彼女の口調は平板で、金額などどうでもよさそうに聞こえる。むろん、演技に決まっている。レイフは怒りをつのらせた。「普通はもっと目に見える形で感謝するものだ」キスをするとか、せめて笑顔を見せるとか。

アントニアが振り返った。しかし、彼を見つめる目は暗く沈み、喜びのかけらも見いだせない。彼女はゆっくりと腕を上げると、手首のイエロー・ダイヤモンドをきらめかせながら、レイフの首に腕を巻きつかせた。とたんにレイフの呼吸は速くなった。

「どんなふうに感謝してほしい？」

彼の好きな、ハスキーな声が尋ねた。彼女の欲望の目覚めを告げる声だ。だが、そこに別の感情が潜んでいることをレイフは本能で察した。

彼女の唇がレイフの唇に重ねられた。温かく柔順で、魅惑的な唇の感触に、彼の体はかっと熱くなった。

「キスがいい？」

唇のエロティックな動きがレイフをいざなう。

「それとも、それ以上？」

アントニアの唇が離れ、二人の間に冷たい空気が流れこんだ。彼女は置き時計を見やり、時刻を確かめている。

「あと四十分。今夜のレセプションは遅刻するとまずいのかしら？」アントニアはまばたきもせずに彼の目を凝視した。

レイフは急に違和感を覚え、顔をしかめた。彼女の口調のせいだ。出かけようがベッドに引き戻されようが、かまわないと言いたげな、投げやりで冷ややかな物言い……。

うそつき女め。僕と愛し合うたびに満足しているくせに。僕と同じくらい、情事に関心を持っているのはお見通しだ。くそっ！

レイフは彼女の手を自分の肩から引きはがし、正面でつかんだ。新しいブレスレットが手のひらに当たる。

「もういい。充分だ」

レイフの険しい口調に、アントニアは驚いて目を見開いた。

「出かける時間だ」

・

二時間後、隣にいるゴージャスな女性を眺めながら、レイフはとまどいを禁じえなかった。アントニアは、それまでの閉じこもった態度がうそのように、朗らかに振る舞っている。生き生きと会話に興じ、気のきいたコメントと笑顔で、いとも簡単に男たちを魅了している。さらに、レイフが話しかければ、彼の腕に手を添え、満面に笑みをたたえて聞き入っていた。

とはいえ、何か引っかかるものがあった。見るからに親しみのこもった態度だが、まがい物だ。あたかも女優が完璧な演技を披露しているかのようだ。

レイフは不機嫌に口を固く結んだ。お互い強烈に惹かれ合っていることはわかっているのに、アントニアはわざと気づかないふりをしている。「踊ろうか」レイフはささやき、彼女をダンスフロアへと導いた。

「踊るですって？」アントニアは身を硬くした。

「そう。君の崇拝者たちに、よだれをぬぐう時間を与えてやろう」

アントニアは眉をつりあげた。「大げさだわ」

「少しも大げさじゃない」

　レイフは彼女を抱き寄せた。柔らかな感触が快い。あとにスピーチをする予定が入っていなければ、ただちに家へ連れ帰るところだ。

「今日、秘書とおもしろい話をしたよ」

「そうなの？」

「ああ。クレジットカードにちょっとした問題が生じて、秘書が君の使った分をチェックした」

　アントニアははっとして顔を上げ、とがめるように言った。「つまり、私のことを調べたのね」

　レイフは彼女の非難を無視した。「秘書によると、華やかな服を着ているわりには、君の出費はいやに少ないそうだが？」

「だから、どうだというの？」

「どういうからくりなんだ？　素直に話したほうがいい。調べればわかることだ」

「古着を扱っている店をいくつか知っているから、そこを利用しただけよ」

　レイフは耳を疑い、あんぐりと口を開けた。彼女はもっとプライドが高く、高慢で、他人のお下がりなど着る女性ではないと思っていたのだ。

「口は閉じてけっこうよ」アントニアは刺をこめて指摘した。「そうした店を利用している女性は大勢いるわ」

　そうだろうが、まさかアントニアがそのひとりだとは。レイフには信じられなかった。「だとしても、君が利用するのは腑に落ちない。僕の金を自由に使えるのに、なぜ新品を買わない？」

「さあ」アントニアは首をかしげ、消え入りそうな声で応じた。「強いて言えば、習慣かしら」

「これまでにもそうした店を利用したことがあるのか？」

「ええ。別に恥じることでもなんでもないわ」

　アントニアはそれきり口をつぐんだ。僕が話題を変えるのを待っているのだろうか？　だが、レイフはははっきりした理由を知りたくて、なおも尋ねた。

「なぜそんな店を利用していたんだい？」

レイフはアントニアが再び身を硬くするのを感じた。だがかまわない。必要なら、ひと晩じゅう質問攻めにしてもいい。

「要するに、いつもぎりぎりの生活を送っていたからよ」アントニアは彼をにらんだ。「父は、節約という概念と無縁だったの。住まいにしても、ほかのなんにしても……」彼女はそこで言葉を切り、息を継いだ。「さあ、もういいでしょう？」

「もちろんだ。ただし、条件がある。今後は必ず、新しい服を買ってくれ。いいな？」僕の愛人に、他人のお下がりを着せるわけにいかない。そういう暮らしから逃れるために、これまでずっと身を粉にして働いてきたのだから。

アントニアはしばらく彼の目を見つめていたが、やがて、あきらめたようにうなずいた。

レイフは力なく首を振り、アントニアを抱き寄せた。僕はいつになったら、この女性を本当に理解できるのだろう？　もしかしたら、そんな日は永遠に訪れないのかもしれない。

レイフの抱擁に、アントニアはうっとりと身を任せた。リズミカルな動きが親密な気分を誘いだす。こんなふうに彼に抱かれていると、どういうわけか、安全で満ち足りた気分になる。大切にされている感じ、と言ってもいいくらいだ。

奇妙にも、アントニアはときとして、レイフが単なる暴君ではないのかもしれないと思うことがあった。

たとえば彼は、ドアマンからウエイトレスまで、どんな相手にも丁寧に接する。今夜のような催しでも、彼は裕福なゲストに対するのと同じように、スタッフにも礼儀正しく振る舞う。あるいは専属の運転手と、サッカーから政治の話題、はては孫の話に至るまで、気のおけない仲間同士のように気さくに会話を楽しむ。

アントニアの経験からすれば、裕福な人たちは、さまざまなサービスを提供してくれる人たちが生身の人間であり、それぞれに生活があるという事実を、往々にして忘れがちだ。

「さっきの、あの女性」アントニアはふと、華やかに装った年配の婦人のことを思い出した。「バーバラ・ヘイバーズだけれど……」

「彼女が何か？」

レイフの声が頭上から降ってきて、彼女の髪の中に埋もれた。アントニアは目を閉じ、まやかしのぬくもりと親密な空気を味わった。こんなふうに男性とのダンスを楽しむのは生まれて初めてだ。

「彼女とは古いつき合いなの？」

「いや、初対面だ。なぜだい？」

「とても親しげに見えたから」アントニアは少し間をおき、慎重に言葉を選んだ。「車椅子に乗った人と言葉を交わすのは、慣れないうちは苦手に感じる人が多いものよ」彼女は、母の病気が末期に差しかかったころを思い出していた。たいていの人は、車椅子に乗ったいかにも弱々しい女性から本能的に目をそむけた。

「そう感じる連中は愚かとしか言いようがない。話す相手は車椅子ではなく、人間だというのに」

その鋭い口調にはっとして、アントニアは顔を上げた。レイフの表情は険しく、顎がこわばっている。

「僕の母も、ずっと車椅子に乗っていた」レイフはしばらくして口を開いた。「だから、君の言いたいことはよくわかる」

乗っていた？　つまり、治ったということ？　それとも……。尋ねるだけの勇気がアントニアにはなかった。「お母さまとはよく一緒に過ごしたの？」

「おおむね僕が世話をしていたからね」レイフは口を固く閉じ、曲が終わるや体を離した。

二人の間に、冷たい空気が流れこみ、アントニアはなぜか突き放された感じがした。

フロアが明るくなると、レイフの目が険を帯びているのがわかった。きっと、いやな思い出なのね。彼の心の痛みを目の当たりにして胸を締めつけられ、アントニアは本能的に手を伸ばし、レイフの腕にかけた。

一瞬、彼はその場に立ちつくし、上質のジャケットの袖（そで）に置かれた手をじっと見つめていた。それから、同情はいらないと言わんばかりに体の向きを変えた。

「おいで。座ろう」

10

アントニアと暮らし始めて、ちょうどひと月が過ぎた日、レイフは早めに帰宅した。彼女はおそらく、出かける準備をしているだろう。行く先は覚えていないが、いずれにせよ、スチュアート・デクスターに彼女を見せつけてやれるどこかだ。デクスターが物欲しそうなまなざしを向けるたび、レイフの心は慰められる。復讐（ふくしゅう）という名の蜜（みつ）はこれからますます甘みを増していくに違いない。

アントニアはバスルームにいた。服は着ていたし、後ろ姿であるにもかかわらず、レイフは一瞬、息が止まりそうになった。

そんな服を着て出かけるなど、とんでもない。僕と二人きりのときならいざ知らず……。

レイフは改めて、アントニアの姿をじっくり眺めた。つややかな黒革が華奢な肩と細い腰をぴったり包みこんでいる。その下にはいている細身のスラックスも革製だ。続いて、彼女のヒップが描きだす完璧な曲線に目を留めた。下着のラインが見当たらない。たちまち、欲望の波が彼の下腹部に押し寄せた。

彼女の脚は信じられないほど長く、セクシーだった。そして靴はまたも愛人にふさわしいピンヒールだ。出かかったため息をのみ下したとき、鏡に映ったアントニアと目が合った。彼女はまさしく、極めつきのセクシーな愛人だった。

目がいつもより黒っぽく見える。エキゾチックで、露骨なまでに扇情的だ。唇は赤く輝き、いくらか前に突きだしている。首に結んだ細いベルベットのリボンが繊細なラインを強調し、ジャケットのファスナーへと視線を誘う。しかも、ファスナーはわずかに開き、豊かな胸がわずかにのぞいていた。

レイフは完全に欲望をたきつけられた。

アントニアの目を何かの表情がよぎったが、すぐにまた、いまいましい無表情に戻った。これほど感情のコントロールに長けた女性は初めてだ。しかもこの僕を相手に、これほど横柄な態度をとるとは。だがそれも、服を脱がせるまでの話だ。

「早かったのね」〝おかえりなさい〟を言うどころか、アントニアは振り返ろうともしなかった。

「思ったより会議が早く終わったものでね」実のところ、彼女の顔が早く見たくて、レイフは最後の会議をキャンセルした。

「じゃあ、今夜はゆっくり準備ができるわね」アントニアは彼にはかまわず、マスカラに注意を戻した。

だが、レイフはこのまま引き下がるつもりはなかった。彼は一歩踏みだし、アントニアの真後ろに立った。彼女は一瞬たじろいだものの、ゆっくりとマスカラの棒を目の高さまで上げた。

レイフが彼女のヒップに手を当てると、アントニアは身をこわばらせた。温かな革の感触と柔らかな女性の肌。思ったとおり両者の間には何もない。レイフの脳裏を、ありとあらゆるエロティックな光景がよぎった。彼は手をさらに下へと滑らせた。アントニアは僕の所有物にほかならない。手練手管で男を操るこの悪女は僕だけのものだ。

「そのセクシーな服は、お祝いのために買ったのかな?」レイフはささやき、さらに身を寄せた。一カ月に及ぶ刺激的なセックスを祝うというのは、なかなかいい考えだ。しかも、美しく包装された目の前の贈り物は極上品だ。彼はジャケットのファスナーに目を向けた。

「お祝い?」アントニアは鏡の中から彼を見つめ返し、問うように眉を上げた。「今日は何か、特別な日だったかしら?」

レイフの口もとがゆがんだ。知っているくせに。しらばっくれても、その顔を見ればわかる。肩をすくめたとき、鏡の中でアントニアがその動きを見ていることにレイフは気づいた。隠そうとしているが、アントニアも彼に見とれているのだ。

「いや、別に」

レイフが彼女のヒップをそっと手に包みこむや、アントニアはもぞもぞと体を動かし、マスカラを元に戻した。

「君のそのセクシーな姿を見られるのが僕だけとは惜しい気もするな」

「どうして? 今夜はこれを着ていくのよ」

レイフはゆっくりと首を横に振った。「断じて認めるわけにはいかない」彼はアントニアのジャケットに手を伸ばし、ファスナーを下ろした。ブラジャーをつけた上半身があらわになる。「こんなものを着ていったら、暴動が起こる」

アントニアは彼の手を払いのけ、ファスナーを元に戻した。「もう、着てしまったわ」鏡の中で茶色の目が光り、レイフの興奮をあおる。

「だったら、脱げばいい」レイフはズボンの後ろについているファスナーを下げ、あらわになったヒップの眺めを楽しんだ。だが、先ほどの見立ては外れ、彼女はごく小さな、形ばかりの下着をつけていた。レイフがその中に手を忍ばせたとたん、アントニアは身を小さく震わせた。

欲望の命じるままにレイフは彼女のズボンを押し下げ、再びジャケットのファスナーを下ろした。続いて手早くブラジャーの留め具を外し、こぼれ落ちる胸のふくらみを両手で受け止めた。そして背後から抱き寄せ、彼女の体に欲望のあかしを押しつけた。すさまじい勢いで情熱が体じゅうを駆け抜け、血がたぎる。

レイフはすばやくズボンを脱いだ。

「本当に、いま始めるつもりなの？」アントニアは冷ややかな声で尋ねた。「遅刻するわよ。今夜は大事な集まりではなかったの？」

レイフはぴたりと動きを止め、アントニアの退屈そうな表情に目を留めた。顎をぐいと上げ、いかにも不快そうに眉を寄せている。

それに引き替え、レイフはといえば、飢えきった十代の少年みたいに、焦燥に駆られていた。

くそっ。レイフは胸の内で悪態をついた。アントニアはまたも僕を突き放し、セックスにも僕にも興味のないふりをしている。僕は毎晩、その殻をたたき割り、彼女が巧みに隠している情熱を引きずりださなくてはならない。いいかげん、うんざりだ。

「目の前のこれほどには大事ではない」レイフは彼女の体を勢いよくまわし、自分のほうに向かせた。アントニアの驚いた表情がたまらない。彼は身をかがめて彼女の靴を脱がせ、手間どりながらも、脚にぴたりと張りついた革のズボンも脱がせた。

「さて、さっき僕の手はどこまで進んだかな……」

アントニアの顔に浮かんだパニックの表情を楽しみながら、レイフは彼女のベルトを抜き、ジャケットの前を大きくはだけた。それから脚の付け根を隠している小さな布をはぎ取ると、静かな部屋に布の裂けるかすかな音が響いた。

「そう、たしか、ここだった」レイフはその場所に指を差し入れ、またたく間に最も敏感な部分を探り当てた。

アントニアの体が小刻みに震えた。それでも彼女は頑固なまでにじっとしている。レイフはさらに奥を探った。やがてアントニアの体が応え始めた。間違いない。彼女も高まっている。なまめかしい女性の香りが鼻をくすぐり、欲望をさらにあおる。レイフが胸の谷間に顔をうずめると、彼女はうめき声をあげて彼を迎えた。

レイフは彼女を抱きあげ、そばの椅子に座らせるなり、きっぱりと命じた。「脚を上げて」彼女の脚が腰に巻きつくやいなや、彼は一気に貫いた。

アントニアは、こみあげる涙を必死に押し戻した。結局また同じことの繰り返しになってしまった。

相手は軽蔑すべき男性なのだと何度自分に言い聞かせても、ほんの少し触れられ、耳もとでささやかれるだけで、あっけなく決意は砕かれてしまう。

私の意地はどこへ行ってしまったの？　愛人に身をやつしただけでも耐えがたいのに、我が身の堕落ぶりをここまで思い知らされるなんて。アントニアの全身に、身を焼きつくすような苦しみが広がった。

レイフと暮らし始めて今日で一カ月。今夜の服装は、せめてもの意地を示す、ささやかな抵抗のつもりだったのに……。

いくら両親のためとはいえ、娘がこんなことをしていると知ったら、父も母も嘆くに違いない。

それでも本当に大切なものは守れたわ、とアントニアは強がった。父の思い出と、母の名を冠したクローディア・ベンツォーニ財団を守れれば、それでいい。エマの話では、監査人は通常外の取り引きに気づいたものの、お金は戻され、父のアクセス・コードはすでに無効だというので、それ以上の追及はしなかったという。

だから、意味はあったのよ。そう信じるしかない。

「しっかりつかまって」

レイフの声が胸もとで響いたかと思うと、アントニアは彼に抱きあげられた。ほどなく二人はベッドにたどり着き、倒れこんだ。それでも、レイフは彼女を放そうとしなかった。

「別の服を見つくろってくるわ」レイフの視線を避けてアントニアは言った。

「その必要はない」

「どういうこと?」アントニアは驚いて、目を上げた。レイフは難問でも解こうとしているように、眉間にしわを寄せ、彼女を凝視していた。

「外出は取りやめだ。僕はいまから、たっぷり時間をかけて君を愛することにした。君のしかめっ面が消えるまでね」

言い終えるや、レイフは信じられないほど優しく、アントニアの顔に手を触れた。たったいまバスルームで彼女の服をむしり取った残忍な男性と同一人物とはとうてい思えない。毎晩、欲しいものだけ手に入れて、さっさと帰っていく男性とも。

レイフの指が額を撫で、彼女の眉間に寄ったしわを伸ばした。続いてもう一方の手が、彼女の頬を撫でる。ゆっくりとしたその動きは、驚いたことに優しささえ感じさせた。

「でも――」

「でも、はなしだ、アントニア」レイフはぴしゃりと言った。「それとも、君は出かけたいのか?」

アントニアは思わずレイフを見上げた。彼の顔から感情は読み取れない。逆にこちらの気持ちを読まれはしないかと恐れつつ、彼女は首を横に振った。

「よかった」

彼の口もとに思いやりに満ちた笑みが浮かぶのを見て、アントニアの心臓が早鐘を打ちだした。

レイフの唇が重なり、贅沢な愛撫でアントニアの反応を引きだす。時間はいくらでもあり、一方、彼の頭の中には私のことしかない——そう思いたくなるようなキスだった。もしかして、レイフは私を好きになり始めているのではないかしら？　おとぎばなしのように。

何もかもきっとうまくいく。そう信じられたら、どんなに幸せか。ほどなく思考は停止し、アントニアはレイフの甘い誘惑に屈した。

11

その晩を境に、あらゆることが変わり始めた。

とはいえ、いずれもアントニアが気のせいかと思うほどの、ごくささいな変化だった。

たとえば、その晩初めて、レイフは彼女と朝まで過ごした。明け方、目を覚ましたときにも、彼女はレイフの温かな腕に抱かれていて、思いもよらない幸福感と満ち足りた気分を味わった。二人の間の何かが変わった気がする。完璧な体と最高のエクスタシーだけではなく、互いの一部を分かち合ったような思いにとらわれた。

レイフが部屋を出ていくときの、それまでの胸を引き裂かれるような痛みを思うと、彼と朝まで一緒にいるという事実は、何か重大な意味を持つように思えた。

いまでは毎晩のようにレイフは朝まで一緒に過ごし、アントニアを抱き寄せて、求めてやまなかった慰めの言葉をささやいてくれる。彼の優しさによって、アントニアの心を覆っていた氷が溶け始めていた。

話すときの態度まで変わり、以前のようにいきなり否定的な結論に飛びつくこともなく、アントニアの話に耳を傾けるようになった。ときには、何がそんなにおもしろいのかといぶかるほど、興味津々の表情で聞いている。外出の回数は減り、夕食も注文した料理とワインですませることが多くなった。旅行や映画から政治に至るまで、あらゆることを語り合った。そのあと、仕事に戻らなければと言いながら、彼のノートパソコンが開かれることはなく、結局、互いの腕に抱かれるのが常となった。

たまに二人して出かける先でも、変化が見られた。いまではもう、自分がレイフの地位と力を見せびらかすための戦利品のように感じることはない。レイフはアントニアを、彼女が興味を持ちそうな人たち、とりわけ美術の愛好家に紹介してくれる。レイフ・ベントンはその気になれば、こまやかな心配りとウイットに富んだ会話で人を魅了することができるのだと彼女は気づいた。こういう相手なら、たとえ状況が違っても、一緒にいたいと思えるかもしれない。

レイフはまた、彼女がスチュアート・デクスターと顔を合わせずにすむよう配慮してくれた。彼女がデクスターに対する嫌悪を口にしたときには、疑わしげに眉を上げたものの、以来、デクスターと会う機会はぐっと減っていた。

気をつけなければ、とアントニアは自分を戒めた。このままでは、私は新しいレイフをますます好きになってしまう。

アントニアは笑みを浮かべつつ、待ち合わせのこぢんまりしたイタリアンレストランの中に足を踏み入れた。店はランチの客でにぎわっている。

「やあ、アントニア」

いきなりレイフが現れた。めったに見られない笑顔を見せつけられ、アントニアは心臓が止まるかと思った。これほどハンサムでカリスマ性にあふれた人物に出会ったことはない。

アントニアの震える手を、レイフは口もとに運んだ。そしてブルーの瞳で彼女を見つめながら、つかんだ手を返し、手首に唇を押し当てた。感じやすい脈の部分を彼の舌がかすめ、たちまち彼女の中で欲望が頭をもたげた。

「レイフ！」アントニアは慌てて手を引っこめた。レストランの真ん中で体が溶けだしたら、目も当てられない。

「そんなに待ちきれないのかい？」

彼の目を見れば、その言葉が食事だけを意味しているのでないことは明らかだ。

アントニアはうなずいた。「ここへ来ると、いつもおなかの虫が鳴くの。ロンドンじゅうでいちばんおいしいイタリア料理が食べられるんだもの」

レイフは疑うように眉を上げた。

「本当よ。最高なんだから」この店は母のお気に入りで、アントニアにとっては思い出の場所だった。

「アントニア、スウィートハート！　元気だったかい？　いったいどこに行っていたんだい？」

不意に聞こえてきた懐かしい声に、アントニアは顔を上げた。自然と笑みが浮かぶのが自分でもわかる。「ドメニコ！」

次の瞬間、褐色の腕に抱き寄せられ、アントニアは目をしばたたいて、こみあげる涙を押し戻した。店のオーナーで、給仕長でもあるドメニコは、生まれたときからの知り合いだ。大きな体で抱きしめられ、息苦しさを感じながらも、たちまち子供のころの記憶がよみがえった。

「元気よ。あなたは？」

「まあまあさ」ドメニコは手を口に押し当て、いかにも愉快そうに笑った。

イタリア語で早口に交わされる会話に、レイフは耳を傾けた。またもや彼の知らないアントニアの一面を見せつけられる思いがした。まったくもって、アントニアは謎だ。これほど自分のことを語らない女性も珍しい。

年配の男性がアントニアをひしと抱きしめ、彼の言葉に彼女が笑いながら応える姿を見るうちに、レイフの胸には思いもよらない嫉妬がこみあげた。いま彼女が浮かべている一点の曇りもない表情を、レイフにはまだ一度も見せたことがなかった。

僕にもそういう顔を見せてほしい、とレイフは切に願った。

「紹介してくれないのかい？」レイフは立ちあがり、所有権を主張するかのようにアントニアの体に腕をまわした。

彼女が振り返ると、ぬくもりのこもった笑みがレイフの胸を突き刺した。

「レイフ、こちらはドメニコ・リカルタ。両親の友人なの。ドメニコ、こちらはレイフ・ベントン」

「ミスター・ベントン、お会いできて光栄です。あなたがアントニアの面倒を見てくださっているんですね。彼女はいま、大変な時期ですから」ドメニコはアントニアに顔を向け、灰色の眉を寄せた。「お父さんのことは本当に気の毒だったね」

アントニアはうなずいた。引き結んだ口もとが、いまにも震えだしそうだ。「あまりに急で……」彼女は声をつまらせた。「心臓検査の結果が予想以上に悪かったみたいで、たぶん自分でも受け入れられなかったんじゃないかしら。父はあのとおりの性格だから……」

アントニアは震えがちに息を吸いこんだ。目が潤み、不自然に輝いている。

「長く苦しまずにすんだのが、せめてもの救いだわ。寝たきりの生活には、おそらく耐えられなかったでしょうから」

レイフは腕に力をこめ、彼女を抱き寄せた。ドメニコの悔やみの言葉はもはや耳に入らなかった。アントニアが深く悲しんでいるのは明らかだ。疑う余地はない。同じ苦しみと喪失感は、母を亡くしたときに彼も経験していた。

レイフの脳裏に、スイスで目にした、彼女の落ち着き払った態度がよみがえった。彼はそれを見て、アントニアが冷たい心の持ち主で、父親を亡くしても何も感じないのだと決めつけた。

だが、そうではなかったのだ、とレイフは悟った。僕は自分の復讐（ふくしゅう）計画に心を奪われ、状況をきちんと見ていなかったに違いない。氷のような冷たい表情の裏に隠された悲嘆に気づかなかったのだ。

くそっ！　だとしたら、ほかにも見落としている点があるかもしれない。

「まあ、とにかく座って」ドメニコは二人を促した。「メニューは下げさせてもらうよ。スペシャル・メニューを用意しよう。僕の小さな友人、アントニアとその友だちには、最高のものを食べてもらわなくてはならないからね」

レイフは、太い眉の下から自分に向けられた鋭い視線に気づいた。おそらく、どんな男かと値踏みしているのだろう。

「ありがとう。アントニアによれば、この店ではロンドンじゅうで最高においしいものが食べられるそうだね」レイフはアントニアの手を引いてそばに座らせ、無意識のうちにその冷たい手をさすった。

ドメニコはうなずき、最後にもう一度、探るようなまなざしを向けたのち、いそいそと厨房へ戻っていった。

「彼は君のファンらしいな」レイフはささやき、アントニアの張りつめた顔をじっと見つめた。すると、彼女が笑みを浮かべたので、レイフはほっとした。

「というより、母のファンだったのよ」

「お母さんの？」

アントニアはうなずいて、壁を目で示した。そこには著名な来店客の写真が貼ってあり、ドメニコや、彼の身内とおぼしき人たちと一緒に写っていた。

「あの、真ん中の列の上から三番目の写真」アントニアが指さしたのは、通りすがりの人たち全員が立ち止まるのではないかと思われるほどの、黒髪の美女だった。「私の母よ。クローディア・ベンツォーニ」

「あの女優の？」レイフは驚いて尋ねた。彼女が主演の映画なら、見たことがある。十数年前に制作され、専門家の間ではイタリア映画の古典と評されている作品だ。当時まだ少年だった彼は、女優に見とれるのに忙しく、芸術的価値まではわからなかった。

「そうよ」

アントニアの声にははっきりとぬくもりが感じられる。それとも、切なさだろうか？

レイフは、その女優がもう何年も前に、特殊な癌で亡くなったことを思い出した。同じころに彼の母親も病状が進んだので、記憶に残っている。

「美人だね。君に引けをとらないくらい、すてきな女性だ」

驚いたようにアントニアは彼のほうに顔を向けた。彼女の大きな目と豊かな唇、その古典的な美しさに、レイフは魅了された。体の奥で熱い何かが渦巻き、同時に強い衝動がこみあげた。アントニアの目を覆う悲しみの影を取り除きたい。

レイフはアントニアの顎に手を添え、柔らかな肌の感触を味わいながら、彼女の顔を上向かせた。それから身を乗りだし、優しくゆっくりと唇を重ねた。

甘美なキスに、アントニアは心を揺さぶられた。こんなふうにキスをされると、私の思考は止まり、ただ感じるだけになってしまう。レイフの存在を、欲望につられて速くなる脈を、そして、体というより、魂に広がっていくぬくもりを。

アントニアは不思議でたまらなかった。どうしてこんなことが起こりうるのかしら？　私たちはただ、ベッドの中で結ばれているだけなのに。ひょっとして、レイフとの間に決定的な何かが芽生えつつあるのかしら？　いずれにせよ、彼女にとって、レイフは急速に重要な存在になりつつあった。

キスが終わり、アントニアはうっとりとブルーの瞳に見入った。そんなふうに親しみのこもった笑みを向けられ、互いに分かち合った喜びのことをほのめかされると、妙な気分になってしまう……。

「おまちどおさま」大きな声が響いて、ドメニコがテーブルに近づいてきた。「こんなにおいしいストラッチャテッラは、イタリア以外では食べられないよ。私の保証つきだ」彼は、湯気が立つ卵スープの入った皿をテーブルに置き、一歩下がって、にこにこと二人の反応を待った。

レイフとのキスに夢中になっていたところを見られ、アントニアは頬を真っ赤に染め、急いで姿勢を正した。「ありがとう、ドメニコ。私のいちばん好きなスープだわ」

ドメニコはうなずいた。「当然さ。私が忘れるとでも思ったのかい？」続いて彼は、レイフを見やった。「お試しあれ。懐かしいママの味がする。きっとまだ味わったことがないはずですよ」

アントニアはスプーンを手に取り、おいしそうな香りが立ちのぼる皿に鼻を近づけた。たちまち幼き日の記憶がよみがえる。ひとさじ口に入れ、彼女は目を閉じた。なんてすばらしいの！

「昔とまったく変わらない味だわ。最高よ、ドメニコ！」彼女は傍らでためらっているレイフを振り返った。「あなたも試してみて」

レイフがスープを味わい、飲み下すさまを、アントニアはじっと見守った。力強い喉の動きに心が躍る。我が身に何が起こりつつあるのか知らないけれど、重症であることは間違いない。彼の食事姿を眺めるだけで、うっとりしてしまうなんて。

「本当だ」レイフはうなずいた。

「疑っていたんでしょう？」ドメニコが別のテーブルへ移るのを見届けて、アントニアは挑むように指摘した。

「スープは苦手なんだ」レイフは打ち明けた。「だが、これは実においしい」彼はまたスプーンを口に運んだ。

アントニアは顔をしかめた。食事に関する好き嫌いはさまざまだが、スープが嫌いというのはあまり聞いたことがない。「まあ……珍しいわね」

レイフは肩をすくめた。「何年もスープばかりでは、誰だって飽きるさ」

「もしかして病気だったの？　軽い食事しか口にしてはいけなかったとか？」レイフのそういう姿は想像もつかないが、過去はわからない。彼は現在のことしか話さない。

「そうじゃない。スープが我が家の主菜だったのさ。栄養価も高いし、簡単につくれる。何より安あがりだからね」

レイフの声には苦々しさがにじんでいて、アントニアは顔をしかめた。レイフの家はお金に困っていたのかしら？

彼女の考えていることにレイフはすぐさま気づい

た。「驚いたのかい？」

「その……ええ、あなたの家はお金持ちなんだろうと思っていたから」自分に自信を持ち、有り余る富を手にしながら、それが当然のように振る舞っているのだから。どう見ても、生まれついてのお金持ちにしか見えない。

レイフはにやりとした。「銀のスプーンをくわえて生まれてきたんじゃないかって？」彼はそう言って首を横に振った。「とんでもない。僕は母子家庭に育ったんだ。母は優秀な秘書だったが、子育てと両立できる仕事など、めったにない。結局、時間的に融通のきく職に就くしかないが、決まって給料が安い。だから、いつもぎりぎりの生活を送っていたんだ」

「お父さまは？」詮索（せんさく）するのは気が引けたものの、レイフが自分の過去を口にするなど初めてだった。またとない機会と思い、アントニアは自分を抑えられなかった。

「父親かい？」

さげすんだような口調がアントニアの耳を打った。彼女はさらに、レイフの鋭い目に一瞬燃えあがった炎も見逃さなかった。

「僕が生まれる前に、さっさと母から手を引いたよ。僕と母がいかに苦労しようが、おかまいなしさ。僕たちが生きていようがいまいが、彼にはどうでもよかったんだ」

彼の言葉にこめられた激しい憎悪に、アントニアはおののいた。もちろん、わざと大げさに言っているだけでしょう？　しかし、彼の険しい表情と引き結ばれた口もとを見て、父親に対するレイフの憎悪は本物だと悟った。

血を分けた息子にそこまで憎まれるなんて、レイフの父親はいったいどういう人なのかしら？　アントニアの両親は深く愛し合い、その愛を娘にも分け与えてくれた。当たり前だと思っていたが、どうやらとても幸運なことだったらしい。

「お母さまの収入だけでやっていくのは大変だったでしょうね」アントニアはつぶやくように言った。

レイフは一方の眉を上げた。「母子家庭でも、なんとかやっている人たちは大勢いる。我が家の場合は母が進行性の病気を患い、それが問題だった」

レイフの髪をかきあげるしぐさがいつになく傷ついた様子に見え、アントニアは手を差し伸べて慰めたくなった。

「母は懸命に頑張った。けれど、生活は大変だったよ。過労や病気で働けなくなることもしばしばで、最終的には車椅子の生活を余儀なくされた。生活費に加えて、医療費もかさんだ」

「やり繰りはどうやって?」立ち入った質問を口にしてしまい、アントニアは我ながら驚いた。

レイフが肩をすくめると、高価なジャケットの肩の部分にしわが寄った。ビジネスの世界で頂点に立つにはどれだけの精神力が必要だったことか。

「あらゆる手を尽くしてさ。子供のころから、いくつもの仕事に手を染めたし、自分たちの食べるものは自分たちで育てた。おかげで、僕はやり繰りの達人になった」やれやれとばかりに首を振る。「ようやく収入らしい収入を得たときは真っ先に、当時の僕にとって最高のステーキとシーフードが食べられる店に、母を連れていった。そのときの味は、いまでも忘れられないよ」

アントニアは彼の腕をそっと握り、スープ皿を目で示した。「無理しなくてもいいのよ……」

「無理して飲まなくてもいいってことかい?」ふさぎこんだ表情が不意に消え、おもしろがるような表情に変わった。「大丈夫だよ、アントニア。皿一杯のスープが飲めないほど、過去に打ちのめされているわけではない」彼女をじっと見つめるうちに、レイフの顔から笑みが消え、再び険しい顔つきになった。「どうして君にこんな話をしたんだろう？　そっちのほうが僕にはよほど気になる」

レイフは心底とまどっているように見えた。個人的なことを話すのは、弱さの表れと考えているのかもしれない。

「たぶん、私が聞き上手だからかしら？」アントニアはその場の空気を明るくしようと努めた。

「そうだな」

レイフが彼女の顎に手を添えて顔を上向かせ、視線を合わせた。そのまなざしの強さにアントニアは胸を打たれ、体の芯まで熱くなった。

「あるいは君が魔女だから」

いつもの低いささやき声に、アントニアは身を震わせた。

その後は交わす言葉も少なく、二人ともすばらしい料理を味わうのに専念していた。それは、気のおけない者同士の心地よい寡黙なひとときだった。

料理と料理の合間に、レイフはアントニアをそばに引き寄せ、彼女の子供のころのことを尋ねた。イタリア人の有名女優を母に持つというのはどういうものなのか？　一家はどこで暮らしていたのか？

それらの質問に気軽に答えている自分に気づいて、アントニアは驚いた。過去を解き放つのは心地よかった。両親のことをあれこれ思い出すうちに、いまは亡き父と母がどれほど大切な存在だったか、彼女は改めて実感した。

食事を終え、コーヒーを飲むころには、アントニアは満ち足りた気分になっていた。腰にまわされたたくましい腕と、震えを誘う低い声だけに気持ちを集中させ、ほかのことは考えまいとした。

なんていい気分かしら。こんな気分は本当に久しぶりだわ。父が事故に遭う前でさえ、アントニアは常に、何かに追われている気がしていた。暇を見つけては働いたが、その間は父のことが心配でたまらなかった。

「そろそろ出ようか？」レイフが言った。

アントニアはうなずき、バッグを手に取った。できれば、いつまでもここにいたいが、そうはいかない。

ドメニコに別れを告げ、近いうちにまた来ると約束して、二人がようやく店の外に出たときには、すでにかなりの時間が過ぎていた。

腕時計を見て、アントニアは眉を寄せた。「いつの間にか、こんなにゆっくりしてしまったのね。午後の会議は大丈夫？」

「あとまわしでかまわないさ。もっと大事な用があるときにはね」

アントニアは首をかしげた。「会議よりもっと大事な用？」

「そうだ」

レイフの口もとに笑みが広がると、アントニアは膝から力が抜けていくのを感じた。

「会議よりもしたいことがある。ただし、君が賛成してくれるならね」

そんなふうにレイフがためらいがちに話すのを、アントニアは初めて聞いた。彼は、君も愛を交わしたいかときいているんだわ。いままでは、私を説得してベッドに誘うことはあっても、決めるのは必ず彼だった。なのにいま、決定権は私にゆだねられている。

これが何か重大なことを意味するように感じるのは、ばかげているかしら？　そう、もちろん深読みに決まっている。それでも、レイフと腕を組んで歩いていると、アントニアは欲望以上の何かを感じずにはいられなかった。

「ええ」彼女はささやくように答えた。

二人はほどなく、近くのホテルの五階にいた。レイフはたっぷり時間をかけ、アントニアの体の隅々まで愛し、キスを浴びせた。彼女は何度ものぼりつめそうになったが、そのたびに彼は場所を変えてじらし、さらなる喜びをもたらした。

レイフは私のことだけを考えている、とアントニアは確信した。私の喜び、私の反応、そして私の気持ち……。レイフとの間に、彼女はこれまでにない強いきずなを感じた。

懇願に応えてレイフがようやく体を重ねたとき、アントニアはまっすぐに彼を見上げた。顔をしかめて自分を制しているにもかかわらず、そこにはなんとも言えない優しさがにじんでいる。彼女は、体の奥深くにずっと巣くっていた固いしこりが溶けていくのを感じ、自分が本来の姿に戻っていく気がした。

やがてレイフはゆっくりとアントニアの中に身を沈め、手を携えて絶頂を目指した。アントニアはなんのためらいもなく彼を迎え、体の奥へといざなった。すでにすさまじい勢いでエクスタシーへと向かいつつある。彼女はすべてを忘れ、めくるめく喜びに身を任せた。

「レイフ！　私は……」続きを口にする間もなく、アントニアは汗で滑るレイフのたくましい体にしがみつき、彼の刻むリズムに合わせた。

レイフは私の真実、私の世界、私の安心。輝かしい光の中ですべてが渦を巻き、意識が遠のいていった。

それからかなりの時間が過ぎ、レイフの腕に抱かれて横になっているとき、アントニアはふと先ほど言いかけた言葉を思い出した。

愛している。私は彼にそう言おうとしていたんだわ。

12

「気に入ってくれたかい?」

レイフが押しつけるように手渡した小箱の中身を見つめるうちに、なぜか涙がこみあげ、アントニアは目をしばたたいた。なんてすてきなブローチかしら。エレガントで、洗練されていて、まさに私好みだわ。銀のブローチを指でなぞり、彼女は小さな芸術品のこまやかな装飾をしみじみと味わった。

「最高よ。非の打ちどころがないわ」アントニアはつぶやくように答えた。

前回買ってくれたダイヤモンドとはまったく違う。優れた職人の手による一点物という意味では同じだけれど、これはレイフが私のために選んでくれたもの。札束をはたいて手に入れた女の見映えをよくするために買った派手な宝石とはわけが違う。

胸を打たれ、アントニアの全身にぬくもりが広がった。これまでずっと凍りついていた心の隅にまでぬくもりが染みていく。

「どうしてこれを?」

「見た瞬間、君のことを思い出したからさ」レイフは温かく柔らかな声で答えた。「買わずにはいられなくなったんだ。さあ、貸してごらん」彼はブローチを彼女の手から取りあげた。

アントニアが見やると、レイフは眉間（みけん）にしわを寄せ、真剣に取り組んでいる。

三カ月が過ぎたいま、彼女にとってはすっかり見慣れた顔だ。かつてはとても険しく感じられた顔を眺めるうちに、アントニアの胸に優しい気持ちがこみあげた。

いまでは、私はレイフの別の面を知っている。寛大で、私のことを優しく気遣い、守ってくれる彼。彼と一緒にいると、私たちの親密な行為が取り引きの一環だということを忘れてしまう。なぜなら、とてもそんなふうには感じられないから。それどころか、いつかこの気持ちが報いられるのではないかと、淡い期待さえいだいている。レイフを愛していると気づいたときは恐ろしかったけれど、いまではひそかな喜びに変わった。

そして、うれしいことに、やっぱり気のせいではなかった。レイフは私に好意をいだいてくれている。見ていればわかる。それが愛だという可能性はあるかしら？　あるいは、そんなことを思い描くのは自分をごまかしているにすぎないの？

アントニアはおのずと、ここ最近の体の変化について考えを巡らせた。なんとなく過敏になった胸に、生理の遅れ。大丈夫よ、なんでもないわ。精いっぱい用心しているんだもの。けれど、妊娠の可能性はゼロではない。

興奮が彼女の体を駆け抜けた。もし本当に、レイフが私のことを好きになり始めていたら？　そしてもし妊娠が事実だったら……。

「ほら、完璧だ」

まぶしい瞳で見つめられ、アントニアは胸を締めつけられた。

「鏡を見ないのかい？」

さりげない口調にもかかわらず、レイフはひどく真剣な、思いつめた表情をしている。アントニアの胸に希望が広がった。せめていまだけは、疑念や不安を忘れよう。

「みごとだわ」アントニアは鏡をのぞきこみ、銀のブローチにおずおずと触れた。「ありがとう、レイフ。大切にするわ」一生。彼女は心の中でそうつけ加えた。

「喜んでもらえてうれしいよ」レイフはにっこりし

た。

寄り添って立つレイフの姿とその称賛に輝く目は、アントニアの胸を喜びで満たした。間違いないわ。二人の間で飛び交う火花は、レイフもきっと感じているはずよ。

「君はアートが好きだから、きっと気に入ると思ったよ」

鏡を通して目が合った瞬間、レイフは腹部に一撃を見舞われたようなショックを覚えた。アントニアのまっすぐな笑みは彼に奇妙な感覚をもたらした。同じ笑みを彼女がドメニコに見せたとき、レイフは嫉妬(しっと)に駆られた。しかしいま、その笑みは彼ひとりのものだ。レイフの胸に計り知れない喜びがこみあげた。

「自分では絵を描(か)いたりしないのかい？」もうすぐ出かけるというのに気持ちがあらぬ方向へ行きかけたので、気分を変えるためにレイフは慌てて尋ねた。

「ええ」アントニアはうなずいた。「試してはみたけれど、才能がなかったの。私にできるのは、作品を見て評価することだけ」彼女は小動物をいつくしむようにブローチをそっと撫(な)でた。「将来的には、大学で美術史を勉強するつもりなの。運がよければ、美術館か画廊か、オークション会社に就職したいと思って」

レイフはアントニアをじっと見つめた。就職だって？　しかも競争率が高く、何年も勉強しなければならない分野で？

彼女は、親の残した金で生活することに満足しているのではなかったのか？　収入を補いたければ、もっと簡単にできる方法があるだろうに。それだけの美貌(びぼう)に恵まれているのだから。

「それは最近思いついたのかい？」

「いいえ、ずっと前からの夢よ」

「じゃあ、なぜ実行に移さなかったんだ？」

アントニアはブローチから手を離した。「父には私が必要だったから。華やかな社交生活を送っているように見えても、父は病気で、孤独だったの。父には世話を焼く人間が必要だったし、それができるのは私しかいなかった」

アントニアは体の向きを変え、ベッドの上に置いてあるコートとバッグのもとへ向かった。

「出かけましょうか？」

レイフは眉を寄せた。アントニアは話題を変えようとしている。悲しいことを思い出したからか？あるいは、うそをついているから？　だが、どうしてうそをつく必要があるんだ？

「ああ、そうしよう」まあいい。疑問についてはあとでじっくり考えよう。

「この場所！」まっすぐにのびる道路を見て、アントニアははっと気づいた。風に揺れるらっぱ水仙と、整然と立ち並ぶ楡（にれ）の大木。そして遠くの湖のほとりに広がる、しゃくなげのお花畑。

イギリスで最も美しい歴史的建造物のひとつに数えられるこの屋敷では、毎年、クローディア・ベンツォーニ財団の華やかなチャリティー・ランチが催される。アントニアも数週間前に招待状を受け取ったが、ロンドンを離れるのは無理だろうとあきらめていた。

レイフはちらりと彼女を見たのち、スポーツカーのギアを入れ替え、美しい橋を渡り始めた。

「娘として、寄付者の集まりに出席したいんじゃないかと思ってね」レイフはそう言って、少し間をおいた。「どうして黙っていたんだい？」

アントニアは肩をすくめた。「あなたがロンドンを離れるとは思わなかったのよ。その……仕事には関係のないことだし。あなたがいかに仕事を大事にしているかわかっているもの」それに、私がひとりで来るのもいやがったでしょうし。彼女は胸の内で言い添えた。

「言ってくれればよかったのに」

「ありがとう、レイフ」アントニアはそっと彼の腕に触れた。「本当に感謝しているわ」父と一緒にこの催しに参加するのは大きな楽しみだった。それが、今年はあきらめるしかないと思い、寂しく感じていた。

レイフはアントニアを見やり、ハンドルから片手を離して、彼女の手を握りしめた。「君のためなら、僕はできるかぎりのことはするよ」

化粧室へ向かいながら、アントニアはすばらしい一日を振り返った。不祥事が発覚する恐れがあったことなどうそのように、財団は活況を呈していた。ギャビン・モールソンの名が傷つかずにすんだことは、役員の穏やかな言葉からしても間違いない。新しいスポンサーとして、莫大な寄付額とともにレイフの名が公表されたときには、アントニアは言葉を失った。

化粧室のドアにたどり着いたところで、彼女はふと、背後から近づいてくる足音に気づいた。

「やあ、アントニア・モールソン」

聞き覚えのある声だった。

「ボディーガードも連れずにひとりでいるとは珍しいな」

スチュアート・デクスター！

彼の目を見上げた瞬間、アントニアは恐怖に似た感覚にとらわれ、凍りついた。

「さあさあ、こっちだ」

アントニアはわけのわからないままデクスターに引っ張られていき、開いたドアの向こうに押しやられた。必死に振りほどいて逃れたものの、そのためにかえって小部屋の奥に入りこんでしまったことに気づいたときには、あとの祭りだった。すでに閉じられたドアと彼女との間には、デクスターが立ちはだかっている。

「私になんの用かしら？」ひるむまいと心がけたものの、デクスターの好色そうな顔が近づいてくると、アントニアは無意識のうちにあとずさった。

「なんの用かだって？」デクスターはにやりとした。「ずっと欲しくてたまらなかった。もう少しでうまくいくところだったのに。君が財団の資金の穴埋めをしたりするものだから、計画が狂ってしまった」

彼は、アントニアの全身にいやらしい視線を這わせた。

「資金を穴埋めした？」いぶかしげに目を細めたアントニアの頭に、デクスターが口にした言葉の意味がゆっくりと浮かんできた。「あなただったのね、財団のお金に手をつけたのは！　あたかも父が犯人であるかのように見せかけて……」ショックのあまり、めまいがした。そして同時に、安堵の思いがこみあげた。お父さんではなかった……。

ずっと、誰かにそう言ってほしかった。アントニアはほっとする一方で、罪悪感にさいなまれた。どんなに否定しようと、何かの拍子に父を疑ってしまう自分がいたからだ。

「ちょっと混乱させるだけでよかったのさ。どうせ、私がやったという証拠はない」デクスターは悪びれもせずに言った。「君がもう少し賢く振る舞えば、助けるつもりだったのに」

伸びてきた彼の手を、アントニアは思いきりはねのけた。

「まんまと息子に出し抜かれたよ。あいつの金のにおいをかいだとたん、君はベッドにまっしぐら、というわけだ。あいつに対しては、慎みも何もないんだな」

なんですって？　アントニアは絶句して、デクスターの顔を見つめた。たったいま彼の口から吐きだされた言葉が頭の中で渦を巻いている。

アントニアがショックを受けているすきに、デクスターは彼女ににじり寄り、逃げ道をふさいだ。

「息子ですって？」アントニアはようやく喉の奥から言葉を絞りだした。

「そうとも。レイフから聞いていなかったのか？ あいつは私にも黙っていたよ。私が父親だと承知のうえで取り引きに応じたんだ」

私のレイフがデクスターの息子？　お笑いぐさだわ。

だが、アントニアは笑うどころではなかった。ただ呆然（ぼうぜん）と眼前の男の顔を見つめていた。全体の輪郭といい、鼻の角度といい、そこには確かに共通点が見て取れる。

「うそよ」彼女は自分に言い聞かせるように言った。「うそなものか」

デクスターは前に踏みだし、アントニアの体を机に押しつけた。そして同時にジャケットを肘まで脱がせ、必死に逃れようとする彼女の動きを封じた。

「あいつが君を独占するのを、指をくわえて眺めているつらさといったら！　想像もつくまい」

「やめて」それは恐怖の叫びだった。デクスターが大きな体にものを言わせて襲いかかってきたとき、アントニアはすでに逃げ場がないことに気づいた。彼女は必死に抵抗した。「レイフが見たら、あなたを殺すわよ！」

「そいつはどうかな」あらわになったアントニアの肩に向かってつぶやくなり、デクスターはそこに歯を立てた。「我々親子は似た者同士でね。なんなら親子で引き継いでもかまわない。あいつに捨てられたら、私が君に何不自由ない生活を送らせてやろう。どうだ？」

アントニアの喉に苦い胃液がこみあげた。デクスターが服をまさぐり、乱暴に引っ張っている。アントニアはめまいを覚え、部屋がぐらりと傾いた。彼女はデクスターの肩をつかむや、力いっぱい押しのけた。

こんなこと、現実のはずがないわ。アントニアは目を閉じ、手を突っ張ってデクスターの体を押し戻した。彼の唇が首筋を這い、彼の手が……。

「あまり褒められた光景とは言えないな」

聞き慣れた声があがると同時に、デクスターの体が離れた。

急に自由になったせいでバランスを失い、アントニアははっとして目を開けた。

「レイフ！」彼が来てくれた。ほっとするあまり、膝の力が抜けていく。支えを求めて、アントニアは無意識のうちに手を伸ばした。

ところが、信じがたいことに、レイフは恐ろしい表情でその場に立ったまま、こぶしを震わせていた。全身に怒りがにじみ、アントニアがうっかり何か言ったら、爆発しそうだ。

アントニアは片手で喉を押さえた。いったいどういうこと？

視界の端に、スチュアート・デクスターの姿が映った。突き飛ばされた先のソファから、ふらふらと立ちあがり、ネクタイを直している。

「レイフ？」アントニアが近づこうとすると、彼は眉をつりあげた。その視線の意味に気づいて、彼女はよろめいた。心の奥で何かが音をたてて崩れた。まさか彼が、またこんな視線を私に向けるなんて。

アントニアは震える息を吸い、ジャケットを直した。嫌悪がにじんだレイフのまなざしにさらされ、身を切り裂かれる思いがした。

「悪かったな、レイフ」

デクスターの声が遠くで響いた。

「おまえのかわいい小鳥は、そこらじゅうに誘惑のにおいをまき散らすものでね」彼は下卑た笑みを浮かべ、ジャケットを直した。「よく言い含めておくんだな。私の意見を言うなら——」

「おまえの意見などどうでもいい」ガラスの砕けるような声が響き、レイフがデクスターのほうを振り返った。「さっさと出ていけ。さもないと、本当に痛い目に遭うぞ」

その声に、アントニアはレイフの殺意を聞き取り、身を震わせた。部屋じゅうに暴力の気配が満ちている。アントニアはそばにあった椅子の背につかまり、体を支えた。

デクスターが部屋を出ていき、ドアが閉じられるや、レイフが彼女のほうを振り返った。

アントニアは顎をぐいと上げた。そんな顔でにらんでも、怖じ気づいたりするものですか。言い訳するようなことは何もないわ。

「よほど、あいつが忘れられないようだな。嫌悪が聞いてあきれるよ」そう言いながら、レイフはアントニアに近づいた。大きな体が彼女の視界を埋めつくし、レイフの熱気がアントニアを包みこむ。

なんですって？ アントニアはあっけに取られ、レイフを見つめた。まさか本気じゃないでしょう？

「何をもらう予定だったんだ？ 現金、あるいは宝石か？」レイフが吐きだす言葉はことごとく、鋭利な刃物のようにアントニアの心をえぐった。

アントニアは口を開け、無言の悲鳴をあげた。愚かな希望が切り刻まれ、息絶えていく。私のことをこれっぽっちも信用していない人が、私を好きになれるわけがない。私の分別さえ信じられない人が。

彼が私をどう思っているか、これではっきりわかったわ。

「何も言うことはないのか、アントニア」レイフは挑発するように言った。「それとも君は厚かましくも、僕が二股をかけられても気にしないと高をくくっていたのか？」

アントニアが繰りだした平手打ちは、レイフの頬から数センチのところで阻まれた。衝撃が彼女の腕を伝う。手を強くつかまれて痛いはずなのに、希望を打ち砕かれた苦しみのせいで何も感じなかった。

いきなりレイフに引き寄せられ、胸と胸、腿と腿がこすれ合う。しかし、これまでの親密な時間がすべてまやかしにすぎなかったと思うと、アントニアの全身に虚無感が広がった。レイフは私の体を求めている。けれども私を軽蔑し、お金のためならなんでもする人間だと思っている。何も変わっていないんだわ。なのに、彼との将来に望みをいだくなんて。

「放して」アントニアは消え入りそうな声で言った。

聞こえなかったのかと思ったが、しばらくしてレイフは彼女の手を放した。すると、アントニアはくずおれるように椅子に腰を下ろした。

13

「何か言うことはないのか？」レイフは繰り返し尋ねた。

アントニアは顔を上げようともせず、かたくなに押し黙っている。

レイフは大きく息を吸い、やっとの思いで怒りを抑えた。

アントニアの顔がひどく青ざめている。体はぴくりとも動かず、息をしているのかどうかも定かでない。膝の上で両手を組み、関節が白くなるほど強く握りしめていた。

レイフはふと、父親の墓のそばに立っていた彼女の姿を思い出した。ひどく冷たく、落ち着き払って、何も感じていないかのようだった。それが心の奥の痛みを隠すための仮面だったと気づいたのは、ずいぶんあとになってからだ。

かすかな疑念がレイフの胸を突き刺した。「僕の目を見るんだ」彼は命じた。

それでも彼女は動こうとしなかった。

「アントニア！」

彼女があくまでも視線を合わせようとしないので、レイフは顎に手を添えて顔を上向かせた。茶色の目に涙がたまっている。ぼんやりと見開かれた目には、彼の姿は見えていないようだ。

確信が揺らぎ、レイフの全身を不吉な予感が駆け巡った。だがアントニアには前にも欺かれた。二度もだまされてなるものか。

「僕に何か言うことはないのか？」レイフはこのまま引き下がるつもりはなかった。

「本当なの？」アントニアがようやく口を開いた。

レイフが身をかがめなければ聞き取れないほどの、かぼそい声だった。「あなたは本当にデクスターの息子なの？」

レイフは彼女の顎から手を離して、上体を起こした。「それがどうかしたのか？」いまここで、自分の生い立ちを説明する気はない。

「じゃあ、本当なのね」

アントニアの声に抑揚はなく、その顔はマネキンのように無表情で、不気味に感じるほどだ。レイフはぞっとした。もしこれが演技だとしたら、大したものだ。「僕に謝るべきだとは思わないのか？」彼女は確かにデクスターの腕に抱かれていた。肝心なのはその一点だ。

「何を謝れというの？」今度のアントニアの声には、挑むような響きがあった。「私の力が足りなくて、彼を押しのけられなかったことを？　小さな悲鳴しかあげられなかったことを？」

レイフは彼女をにらんだ。「君は悲鳴などあげていなかった」彼はそう言いながらも、閉じたドアの向こうから押し殺した声が聞こえてきたことを思い出していた。

アントニアは挑むように顎を上げた。数週間ぶりに目にする氷のプリンセスの姿だ。

「あなたには抱擁と暴行の区別がつかないようだけれど、それはあなた自身の問題であって、私の問題ではないわ」

暴行だって？ 冗談だろう？ デクスターとこんなところへ入りこんだ時点で、あの男の目的はわかっていたはずだ。

「それとも、私が好きこのんでこんなことをさせたとでも？」アントニアはジャケットを引っ張り、ドレスの裂け目を見せつけた。ほっそりした肩と首に、青黒いあざができている。嚙(か)みつかれた跡だ。

腹部に強烈な一撃を食らった気がして、レイフはつかの間、すべての感覚を奪われた。やがてショックが広がり、胃に鋭い痛みが走った。気づいたときには、彼はアントニアに向かって手を伸ばしていた。

「やめて！」彼女は椅子に座ったまま身をすくめ、ジャケットを元に戻した。

アントニアの目に映った恐怖に気づき、レイフは凍りついた。僕を恐れているのか？

「やめて」アントニアはささやくような声で繰り返した。「私にさわらないで」

かろうじてレイフが自分を抑えられたのは、彼女のかすれた声ににじむ必死の訴えに気づいたからだ。同時に、彼の中に最後まで残っていた疑念も消えた。自身の愚かさを突きつけられ、レイフはいたたまれなくなった。僕はアントニアを守れなかった。彼女を抱き寄せ、慰めるべきときに怒りをぶつけてしまった。

デクスターを引きはがしたときの、アントニアの姿が思い出される。乱れた髪と乱れた服。僕の姿に気づいたときに、彼女の目にともった輝き。あれは、安堵の表れだったのだ。なのに、僕は怒りに我を忘れ、何が起こっていたのかきちんと見極めようとせず、彼女の話を聞こうともしなかった。アントニアがデクスターに抱きしめられている光景を目にしたとたん、すっかり怒りに支配され、理性を失ってしまった。

レイフはその場にひざまずいた。アントニアは彼を見るまいと、横を向いている。それでも彼は、迷わずにアントニアの手を握った。その手は震えていた。ショックのせいに違いない。

「すまない、アントニア。君があの男と一緒にいるところを見て逆上してしまったんだ。すぐに君を信じるべきだった」

アントニアが振り返り、レイフを見やった。しかし、二人の間に通い合うものは何もない。彼女の気持ちがやわらいだ兆しさえも。

「聞いているかい?」レイフは必死に訴えた。「君の言葉を信じるよ」

乾いた笑いがあたりの空気を引き裂いた。「ありがとう、レイフ。おかげでぐっと気分がよくなったわ」

レイフは、彼女の気持ちが高ぶっているのを感じた。手の震えが先ほどよりもひどくなっている。彼は立ちあがり、アントニアを抱きあげた。

「おいで。家に帰ろう」

家に帰ろう。

アントニアの頭の中では、ずっとその言葉がこだましていた。気が遠くなるほど時間をかけてシャワーを浴びたのちも、体は二度ときれいにならない気がした。それがデクスターのけがらわしい手で触れられたせいなのか、レイフの激しい非難によるものなのかはわからない。

このアパートメントを自分の家のように感じ始めていた私はなんて愚かだったのだろう、とアントニアは思った。彼女は子供のころから、家というものにあこがれていた。小さな庭、親しい隣人、そしてほのぼのとした帰属意識。両親とともにヨーロッパを転々とする暮らしの中では、いずれもかなわぬ夢だった。

だからといって、ここが家になることは一生ありえない。

レイフは居間でソファに座り、待っていた。彼にどう思われているかはわかっているはずなのに、力強い横顔を目にしただけで、彼女の心臓は早鐘を打ちだした。

「僕たちには話し合いが必要だ」レイフが重苦しい口調で告げた。

「そうね」ロンドンへ戻る車中、アントニアもずっと考えていた。

「すまなかった」レイフは身を乗りだし、アントニアの視線をとらえた。「本当にすまなかった。なぜあんな態度をとったのか自分でもよくわからない。君があの男と二人でいるところを目にした瞬間、頭に血がのぼってしまった」

それが彼の本心であることは、アントニアにもわかった。でももう遅すぎる。彼は私のことなどなんとも思っていない。

「許してくれるかい？」

「もう、いいのよ」レイフは私を信用していない。彼にとって、私はお金で買った所有物。誰かと共有するのはお断りというだけのこと。アントニアは話題を変えた。「あなたが彼の息子だというのは、本当なのね」

「ああ」レイフは力なく答え、椅子の背にもたれた。

「デクスターは僕の父親だ」

「それで？」彼女は続きを促した。

「数カ月前、生まれて初めて顔を合わせた。スイスへ行ったのもそのためだ」

アントニアは、レイフと初めて言葉を交わしたときの、彼の性急な態度を思い出した。つまり、あれは私を手に入れたかったからではなかったの？

「やつは――僕の父親は、知ってのとおり、禿鷹のような男だ。私生活においても、ビジネスにおいても」レイフはまっすぐに彼女の目を見た。「デクスターがどういう経緯でベンツォーニ財団に関与するようになったのかは知らないが、悪いことは言わない、除名したほうがいい。やつのやり方は犯罪すれすれだ」

「それで？」アントニアは、レイフが言葉を濁している気がし、さらに促した。

レイフはソファから立ちあがり、窓辺へと歩いていった。「僕の母はやつの秘書だった。若くて、純真で、有能だった。ところがやつに誘惑され、すっかり夢中になってしまった。そしてプロポーズを心待ちにしているところへ、デクスターがほかの女性と結婚することを聞かされた。あの男の一生を保証してくれる資産家の娘とね」

レイフは体の向きを変え、アントニアにちらりと目を向けた。

「母はやつに、妊娠の事実を伝えた」

アントニアの心は沈んだ。結末は聞かなくてもわかる。「お母さまはそのとき、何歳だったの？」

「二十歳になったばかりさ」レイフは再び外を向き、遠くの風景に目をやった。広い肩がひどくこわばっている。「やつは母に中絶を迫った。その不都合さえ解消できれば、結婚後も交際を続けてもかまわない、とね」

アントニアは身震いした。確かに、デクスターとはそういう男だ。

「母が断ると、あいつは母を解雇した。母が小金をくすねたと難癖をつけ、この国では働けないよう追いつめたんだ」

レイフはせわしなく部屋を歩き始めた。

「母はオーストラリアで、一から出直すことに決めた。健康に不安を抱えていたにもかかわらず、子供たちが生まれたときに備えて働き続けた」

「子供たち？」

「双子が生まれてくるはずだった」

続く沈黙は、それ以上の質問をアントニアに思いとどまらせた。

「残念ながら、母は過労で倒れてしまい、子供はひとりしか助からなかった」

他人事（ひとごと）のような口調の中に、アントニアはレイフの痛みをひしひしと感じた。

「母は死ぬまで、自分を責めていたよ。まともな援助があれば、そんな不幸な結果を招かずにすんだものをと」

できるなら、アントニアは手を伸ばし、彼を慰めたかった。けれどもいまはその勇気がわいてこない。

「とはいえ、暮らしはそこそこだった。金はなくても幸せだった」レイフはいったん言葉を切ってから続けた。「しかし、やがて母が進行性の病気に冒されていることが判明した。以後の母の人生は、病魔との闘いだった」

母親の介護について話していたときのレイフの表情を思い出し、アントニアは胸を締めつけられた。

「僕は誓った。稼ぎまくり、その金で必ず治療法を見つけてみせる、とね」レイフのゆがんだ口もとには、自責の念がありありとうかがえた。「あいにく治療法は見つからなかったが、晩年は楽をさせてやれた。それがせめてもの救いだ」

富が病気に対していかに無力であったかを思い、レイフは敗北の苦みを噛みしめた。あれだけ必死に働き、母に希望を失わせまいと誓ったにもかかわらず、母は息子の手をすり抜けるようにして逝ってしまった。

「僕がヨーロッパへ来たのは、デクスターに復讐するためだ」

レイフの目に残忍な炎が燃え、純然たる憎しみが宿った。アントニアは恐ろしくなった。なんと容赦のない表情だろう。私が新たに発見したと思いこんでいたぬくもりや思いやりは、ひとかけらも見いだせない。

やっぱり、レイフが私を好きになるなんてありえない。彼にそんな感情がいだけるはずはない。レイフ・ベントンにとって、この世でいちばん大切なのはデクスターに復讐することなのだから。

「じゃあ、私は？」アントニアはかすれた声で尋ねた。「私はどういう位置づけだったの？」

レイフは初めて彼女の存在に気づいたかのように、じっと見つめた。それから向かいの席に腰を下ろし、大きく息を吸いこんだ。

「あるとき、君がデクスターといるところを見かけて……やつが君にご執心だと気づいた。やつにとって、人生で大切なのは二つだけ、金と女だ。ひとたび特定の女性に目をつけるや、執拗なまでに追いまわす。一種の強迫観念に近い」

レイフは少し間をおき、彼女の様子をうかがった。

「どうぞ、続けて」アントニアは促した。

「僕はデクスターを破滅させる覚悟だった。富も仕事も名声も、奪いつくしてやろうと思った。実際、あと数週間もすれば、デクスターは破産する」レイフは言葉を切り、視線をそらした。「そして僕は、やつが執着している女性を自分のものにしてやろうと思った」澄み渡った空を思わせるブルーの目がアントニアを見すえた。「つまり、君を」

彼女の中で、ショックが感情の爆発を引き起こした。まるで体に大きな穴があいたような気がした。

レイフはそもそもの最初から、私のことなど欲しくもなんともなかったのだ。私は単なる復讐の道具にすぎない。あれほど熱心に求めてくるからには、少なくとも肉体的には興味を引かれているのだろうと思っていたのに。

それさえも、まやかしにすぎなかったとは。

アントニアはこみあげる吐き気をぐっとこらえ、つぶやいた。「あなたはデクスターと同じ穴のむじなよ」言いながらも、彼女は信じたくなかった。信じることは、はかない希望の完全な死を意味する。

レイフが黒い眉をつりあげた。その表情はデクスターそっくりに見えた。身を焼きつくすような痛みがアントニアの心を打ち砕いた。彼を愛せるかもしれないと思ったなんてどうかしている。自分を欺いていただけだ。

「あなたたち親子はまったく似た者同士だわ」

「冗談じゃない！　僕は断じてあんな男とは違う」

彼女の信じられない指摘に、レイフは凍りついた。

僕は純粋な努力と、意志の力と、持って生まれた勘を頼りに、成功への道をのぼりつめた。一度も法を破ったことはないし、自らの責任に背を向けたこともない。

「僕の話を聞いていなかったのか？」レイフは立ちあがった。「デクスターがどんな男か、まだわからないのか？」

「もちろん、わかっているわ。あなたたちの共通点ときたら、まぶしいくらいに明らかだもの。どうしていままで気づかなかったのか不思議だわ」アントニアの顔は蒼白だが、その目は強い光を放っていた。

レイフはかぶりを振った。こんな侮辱をまともに受け取っていたら、あとで悔やむようなことを口走りかねない。いったいアントニアは何を考えているんだ？

「すまない、アントニア。確かに、君にはショックだっただろう」そうだ、きっとそのせいに違いない。デクスターに襲われたショックで、物事をきちんと考えられないのだ。そのうえ僕も、アントニアを利用していたことを打ち明け、自尊心が傷ついた。もっと彼女を信頼し、早めに打ち明けていればよかった。

突然アントニアが笑いだした。ぞっとするような引きつった声がレイフの不安をかきたてた。

「別に謝らなくてもけっこうよ。ようやく本当のことがわかって、ほっとしているくらいだもの。おかげさまで、自分の置かれている立場がよくわかったわ」

レイフは顔をしかめた。彼女の口調が気に入らなかった。「話はまだ終わっていない」

「でしょうね。復讐もまだ終わったわけではないようだし。でも、私にはもう充分なの」

アントニアがよろよろと立ちあがった。デクスターとのつかみ合いでどこか痛めたのかもしれないと、レイフは心配になった。「大丈夫かい？」

彼女の眉が上がり、ほんの一瞬、感情の影が美しい顔をよぎった。しかし影はすぐに消え、感情はレイフが苦労のすえに打ち砕いた氷の壁の向こうに隠れてしまった。

「大丈夫よ」彼女は答え、挑むように顎を上げた。うそだ、とレイフは思った。爪が食いこむほど強く椅子の背を握りしめている様子といい、かすかにふらつく足といい、大丈夫でないことは明らかだ。

レイフはアントニアに近寄った。

「やめて！」その悲痛な声はレイフの歩みを押しとどめた。「私に触れないで」それは命令ではなく、懇願だった。

「アントニア」レイフは声を落とし、なだめるように呼びかけた。「手当てをしなくては」アントニアには手当てが必要だ。それに、どんなに抵抗されようと、彼女の弱った姿を見るのは忍びない。

「冗談でしょう」

嫌悪をこめて引き結ばれた彼女の唇を目にし、レイフは凍りついた。

「あなたを信じるくらいなら、デクスターを信じたほうがましよ」

「いいかげんにしろ！　君の言っていることはむちゃくちゃだ！」あれだけ多くを分かち合った僕を本気でスチュアート・デクスターと比べるなど、侮辱以外の何ものでもない。絶対に許せない。

「むちゃくちゃ？　そうかしら？」アントニアは腰に手をあてがい、レイフをにらんだ。「あなたたちはどちらも、自分のことしか頭にないわ。自分の欲しいものを手に入れるのに夢中で、そのために他人がどうなろうとかまわないのよ」

「そんなの、でたらめだ」怒りに声が震えるのを感じ、レイフは気持ちを落ち着けようと努めた。「デクスターのやり方は人の道に反している。やつは自分が満足することしか考えていないんだ」

アントニアはかぶりを振った。「あなたは違うとでも？　あなたはそのすばらしい復讐計画を思いつき、その実現のためには手段を選ばないのでしょう？　必要とあらば罪のない人間を利用して――」

「罪のない人間だって？」レイフは憤然として遮った。そこまでアントニアに悪しざまに言われる筋合いはない。「君は自分で、僕の条件に同意したはずだ。僕の提案を受け入れ、金を受け取ったのは君自身の選択だ」

さんざん僕から金を搾り取ったくせに。レイフは思い出し、唇を噛みしめた。

「私自身の選択ですって？　私には選択肢などなかったわ。あなたは借金を武器に私を脅迫したのよ」

レイフはたじろいだ。そうかもしれない。確かに僕は勝手に借金を立て替え、それを盾に何がなんでも同意させようとした。とはいえ、彼女が同意したのは、僕に迫られたせいではなかったはずだ。僕が約束したボーナスに釣られたにすぎない。それと、互いの間に野火のように燃える誘惑のせいだ。どんなに否定しようと、彼女が感じていなかったなどということはありえない。

「あなたの父親もそうだった。彼も私を脅迫するつもりだったのよ」

アントニアに見すえられ、レイフは胸の中で何かがすっと落ちていくのを感じた。

「デクスターは財団のお金を横領し、父がやったように見せかけたのよ。私がなんとしてもお金を手に入れようとしたのはそのためよ。盗まれたお金の穴埋めをするため」アントニアの唇が震える。「父はもうこの世にいないのだから、父の名誉は私が守るしかなかったのよ」

レイフは言葉を失い、立ちつくした。あのろくでなしはアントニアをそんな状況に追いこんでいたのか？「だから、君は前金を要求したのか？」

アントニアはうなずいた。「監査に間に合うよう、すぐにでも入金しなければならなかったのよ」

「どうして言ってくれなかったんだ？　言ってくれれば……」不意に言葉が途切れた。僕が力になっただろうと言ったところで、彼女にわかるはずがない。

「話すと思う？　よりによって、あなたに。私を無理やり愛人にしようとする、もうひとりの相手に」アントニアは皮肉たっぷりの言葉をレイフに向かって投げつけた。「話せば、さらに武器として利用されるのがおちだわ」

「ばかな」言い返しながらも、彼女がいかに追いつめられていたかを思うと、レイフはぞっとした。どんなに助けを必要としていたことか。なのに僕は、彼女を無理やり自分の計画に引きこみ、欲望に従わせて悦に入っていたのだ。

長い沈黙が続き、ふとアントニアの目をのぞきこむと、そこには軽蔑の色が浮かんでいた。おそらく僕はそれに値するのだろう、とレイフは生まれて初めて思った。

「いいえ、ばかなのは、あなたたちの共通点に気づかなかった私よ。残忍で、自分のことしか頭にない。デクスターは欲しいものを手に入れるためにうそをついて盗みを働き、あなたは復讐のために何カ月も費やし、勝つためには手段を選ばない」

アントニアは深く息を吸い、乱れた呼吸を整えた。

「あなたたちはどちらも脅迫者よ。あなたも、あなたの父親も、女性を性の対象としか思っていない。どこが違うというの？　見も知らぬ人間にお金を払ってベッドの相手をさせて」

矢継ぎ早に放たれる彼女の言葉に、レイフの肌は粟立ち、首筋に鈍い熱が広がっていった。

「自分が……親しくしていた相手に、復讐の手段として利用されただけだとわかったら、どういう気分になると思う？」

何かけがらわしい言葉を口にするかのように、アントニアが〝親しく〟と言ったとき、レイフは胸を引き裂かれる思いがした。

「デクスターが言っていたわ。自分たち親子は似た者同士だって。どことなく誇らしげだったわ」アントニアは寒さを追い払うかのごとく、しきりに腕をさすった。「あなたが私に飽きたら、彼が拾ってくれるそうよ。親子で引き継ぐんですって」

腹部に強烈なパンチを見舞われたような衝撃が走り、レイフは吐き気に襲われた。あの男はよくもそんな下卑たことを……。

「どこへ行く？」レイフはアントニアの動きを見とがめて尋ねた。

「出ていくのよ。約束の期限まで待てないわ。文句があるなら、告訴でもなんでもしてちょうだい。あなたとはもう顔を合わせたくないの」

あとを追え。レイフの本能が告げていた。アントニアを慰め、釈明しろ、と。けれども彼女を求めて叫ぶ心の声は、彼女の顔にはっきりと刻まれた冷酷な表情に打ち負かされた。

僕はアントニアに憎まれている。当然の結果だ。最初から惹かれ合っていたというのも僕の思いこみだった。自分がそうだから、彼女もそうに違いないと漠然と思っていたにすぎない。

レイフはきびすを返し、アパートメントをあとにした。行く当てはなかった。どこへ行こうと、彼女に突きつけられたおぞましい現実から逃れられるとは思えなかった。

14

暖かなイタリアの日差しの中で、アントニアはオレンジジュースを飲みながら、うっとりと目を細めた。こんなにくつろいだ気分になったのは何週間ぶりかしら？　約束の時刻までは、まだ間がある。プライベート・ヴィラの中庭で過ごす平和なひとときは、いまの彼女がまさに必要としているものだった。

前回のツアーは大変だった。ある一族を引率して、あちこちを忙しくまわったが、いくら懐は豊かでも、人を不快にさせる性格というのはどうにもならない。

できるなら、何か別の仕事に就きたかった。しかし、アントニアには時間がなかった。急いで、ある程度まとまったお金をつくらなければならない。アントニアはまだ平らなおなかに手を当てた。かなわなかった夢を思って涙がこみあげる。私とレイフと赤ちゃんがいる、愛情に満ちた家庭……。

ほかに、どうしようもなかったのよ。アントニアは自分に言い聞かせた。彼と別れたのは正解だ。復讐のことしか頭にない人と一緒に暮らせるわけがない。あんな残酷な形で私を利用した人と。

それに彼は、私を愛してなんかいなかった。この先もずっと、起こりえない。

いつもの痛みがアントニアの胸を突き刺した。出ていく私に、彼はひと言も発しなかった。心のどこかで期待していたのに。彼が追いかけてきて、行くなと抱きしめてくれるのを。けれど、彼はそこまで私を思っているわけではなかった。

かなわなかった夢を思い、いまも泣きながら眠りに落ちる夜が続いている。かつて私の心を覆っていた氷もいまは砕け、胸がきりきりと痛む。

それでもアントニアには、強くならねばならない理由があった。気持ちを引き締め、未来のことだけを考えなくてはならない理由が。

レイフは中庭の陰から、アントニアの様子を見守った。目の前の彼女は、記憶の中にある彼女よりも美しい。完璧な横顔に、仕事用の堅苦しい服を着ていても信じられないほど魅惑的だ。

今回のクライアントが、一カ月前に自分が拒絶した男だと知ったら、アントニアはどんな反応を示すだろう?

レイフの胃は締めつけられ、心臓が早鐘を打ちだした。この数週間、何度となくさいなまれている現象だ。彼女の辛辣な言葉を思えば、説得が成功する見こみは低い。まさに僕は崖っぷちに立たされている。

レイフは矢も盾もたまらず、日差しの下に足を踏みだした。これ以上、待ってはいられない。

「アントニア……」

突然、懐かしい声に呼びかけられ、アントニアの背筋が激しく震えた。「レイフ?」ショックに見開かれた目で彼を見つめる。幻ではなく、本当にレイフがそこに立ち、空よりも青い目が彼女を見下ろしていた。

日差しを浴びて金色に輝く彼の姿に、アントニアは息をのんだ。たちまち鼓動が速くなる。男らしく頑丈な体と固い筋肉。長身で力感にあふれ、どうしようもなく引きつけられてしまう。手を伸ばして触れたくなる衝動を、アントニアはやっとの思いで抑えつけた。

どこまでみじめになれば気がすむの?

「会いたかったよ」

優しさを帯びた低い声がアントニアの肌を震わせ、ぬくもりがさざなみとなって全身に広がっていく。

私も会いたかった。でも、声に出して言うわけにはいかない。アントニアにも意地があった。「きっといまごろは、別の誰かを見つけたんだろうと思っていたのに」

レイフは彼女をじっと見つめたまま、首を横に振った。「君以外の誰にも興味はないよ。君も知っているようにね」

アントニアは答えなかった。彼は私が出ていくのを黙って見ていたのよ。私のことを本当に思っているなら、引き止めたはずだわ。

「私の務めは終わりよ。もうあなたの愛人に戻る気はないわ」

「僕も、いまさら元に戻るとは思っていない」

アントニアは、心臓が真っ逆さまに落ちていくような感覚に襲われた。やっぱり、そうなのね。私に戻ってほしいなどと、レイフはこれっぽっちも思っていないんだわ。

「ここに何しに来たの?」アントニアは尋ねた。彼にそばに立っていられると、ひどく落ち着かない気分になる。

レイフは椅子を引き、彼女の向かいに座った。ちょっと動いただけで互いの膝が触れそうだ。彼の香りが鼻をくすぐり、胸の頂が硬くなる。

だめだわ。とても耐えられない。アントニアは立ちあがった。

「待ってくれ」伸ばされたレイフの手が、彼女に触れる寸前で行き場を失ったように宙をさまよう。

「クライアントと会うことになっているのよ」アントニアは腕時計に目をやった。時間は合っている。間違いなく伝言メモには十時と書いてあった。

「知っているよ」

レイフが言ったのはそれだけだったが、アントニアはすぐに気づいた。クライアントはレイフだったのだ。イタリア一周の個人旅行のガイドを私に依頼したのは。「つまり、マーカス・ポールソンというのは……」

「僕のエージェントだ」レイフは答え、しばしの間をおいた。「僕が自分で手続きをしたら、君は会ってくれないだろうからね」

そのとおりよ、とアントニアは胸の内で応じた。自分が利用されたとわかっているいまでも、そばにいたいと感じてしまうくらいなのだから。

「もう行くわ。私は――」

「話があるんだ、アントニア」

レイフの目が陰りを帯びた。彼もまた、もやもやした感情を抱えているのかしら?

「説明したいことがある」

アントニアは、とっさにかぶりを振った。

「頼むから聞いてくれ」レイフは懇願した。

その言葉でアントニアは思いとどまり、再び椅子に腰を下ろした。レイフの表情は誠実そのもので、声には痛々しいほどの苦悩がにじんでいる。結局のところ、私はいまでも彼を拒めないのだ。

「ありがとう」

一瞬、彼が手を差しだすのではないかと思い、アントニアの心臓が大きく打った。だが、そうではなかった。別に期待していたわけではないわ、と彼女は自分に言い聞かせた。

「すまなかった」長い沈黙のすえに、レイフは切りだした。「何もかも、本当に。君の言うとおりだった。僕のしていたことは、父親と同じ……いや、それ以下だ。僕は父親を裁いてやろうといい気になっていたんだ。そのため、君をどれだけひどい目に遭わせていたか、見えていなかった」

そう言って髪をかきあげる彼の姿は、どこか無防備な感じがした。アントニアは彼に手を差し伸べそうになる自分を呪った。

「憎しみのせいで僕の目は曇り、君のことを、パーティ三昧の暮らしを送る貪欲な女だと決めつけてしまった。不明を恥じるほかない。君のように正直で慎ましい女性がそういうタイプの人間であるはずがない」彼はゆっくりと息を吸いこんだ。「本当にひどい仕打ちをしてしまった」

「私は……」いったい何が言えるというの？　心の中ではすでに許しているとでも？　かなわぬ夢が胸によみがえり、アントニアは涙をこらえた。彼と出会ったのが、いまこの瞬間ならよかったのに。彼が復讐に取りつかれているときではなく。

「泣かないでくれ、アントニア」レイフは彼女の手を取り、そっとさすった。

その感触はあまりに心地よく、彼の手を振り払うだけの強さは、アントニアにはなかった。その代わり、彼女はかぶりを振った。「泣いてなんかいないわ」泣くのは孤独なベッドの中だけよ。

レイフは何も言わずに手を伸ばし、彼女の頬を撫でた。「もちろんだとも」大きな白いハンカチを取りだし、彼女の頬をぬぐう。「君は勇敢で、強い女性だ」

青い目に映っているのは、もしかして称賛の念かしら？　アントニアの胸にぬくもりが広がった。

「君に、デクスターのことを報告しなくてはね」

アントニアは肩を落とした。レイフはデクスターのことを話しに来たの？

「真実と向かい合うには、かなり時間がかかったよ。ずっと復讐のことばかり考えていたせいで、なかなか頭の切り替えができなかった」彼はいったん言葉を切ってから続けた。「君のおかげだよ。最初、僕とデクスターが同じだと言われたときには、頭に血がのぼったけれどね」

彼女の手を握るレイフの手に力がこもったが、アントニアはかまわなかった。あの言葉は、本当はすぐにでも取り消したかった。口にしたときでさえ、それが真実でないとわかっていた。本来、レイフは誠実な人間だ。デクスターとは根本的に違う。

「神の役を演じるのはやめたよ。僕が手を下すまでもなく、デクスターはじきに破産する。彼の裁きは、当局に任せ、僕は手を引く。ただし、君が彼を暴行罪で告訴したいというなら、全面的に支援する」

アントニアは首を横に振った。いまはただ、過去のことは忘れたい。

「デクスターが僕の母や君にしたことを思うと、彼と結婚した女性は、はたしてどんな人生を送ってきたのかと考えずにはいられなかった。そして暗澹たる気持ちになった」

アントニアは目をしばたたいた。「本当に？」

レイフは唇を引き結んだ。「苦労はしても、母はまだしも運がよかった。デクスターと結婚していたら、間違いなくもっと不幸になっていたと思う」

レイフの目はうつろで、見えない何かを見ているようだった。彼のようにプライドの高い男性にとって、デクスターのような卑劣な人間を父親と認めるのはどんなにつらかったことだろう。

ささやかな慰めのつもりで、アントニアは彼の手をそっと包んだ。レイフが瞬時に向けたまなざしに、彼女の体はたちまちほてった。手を引っこめようとしたが、彼は放さなかった。

「そうね、本当にデクスターの奥さまはかわいそう。それで、どうするの？」突然、アントニアは息が苦しくなった。

レイフはぞんざいに肩をすくめた。「僕にできることなど、さしてない。とりあえず家だけは夫人の名義にして、夫がすべてを失ったあとも、住む場所だけは確保できるようにしてもらった。そして、彼女のために年金を設定した」

「そんなことまで……見ず知らずの人なのに？」

「実は彼女に会ったんだ。僕にできる、せめてもの償いをと思ってね。身内としての、あと始末みたいなものかな。それに、そうするのが……正しいことのように思えた」

「ああ、レイフ」アントニアの胸に熱いものがこみあげた。この人は本当に変わったんだわ。

「なんだい？」レイフは眉を寄せた。

「よかったわ。これであなたも、前に進めるわね」

アントニアは顎を上げた。「そして、私も」

レイフはしばらくの間、彼女をじっと見ていた。

それからおもむろに口を開いた。「じゃあ、ツアーの打ち合わせを始めてもかまわないかな？」

アントニアは椅子の上ではじかれたように体を浮かし、目を見開いた。「冗談でしょう？」本気で、一カ月も私にイタリアを案内させるつもり？　あまりに残酷すぎる。

「僕はこれ以上ないほど真剣だよ」レイフはささや

き、彼女のもう一方の手を取った。

その瞬間、二人の体を熱い血が駆け巡った。

「今日から一カ月間、僕と過ごしてみないか？」

アントニアは激しくかぶりを振った。「無理よ」

「なぜだい？　一緒に休暇を楽しんで、もう一度きちんと知り合おう」

「だめよ！」アントニアは語気鋭く拒絶した。レイフのことはすでに知りすぎるほど知っている。夢がかなうことはないと知りながら、一緒に過ごすなんて耐えられない。

「君を愛している。そう言っても？」

心臓が跳ね、アントニアは息をのんだ。レイフの言葉を理解する間もなく、彼に抱きあげられ、アントニアは逃れようともがいた。しかし、レイフの腕は彼女をしっかりと抱きしめて放さない。

「そんなの、うそよ」

「愛しているよ、アントニア。信じてくれ。僕がうそをついたためしがあるかい？」

「でも、いったいいつから……」

「最初からだ。自分でも愛とは気づかず、単なる欲望だと思っていた。君が出ていって初めて、自分の人生になくてはならない唯一のものを失ったことに気づいたよ」

彼の目に映る痛みと飢えを見ていると、ほとんど信じてしまいそうになる。

「でもあなたは、私のあとを追おうともしなかったわ」

「追いかけたら、受け入れてくれたかい？」レイフは首を横に振りながら続けた。「君にはひとりになる時間が必要だった。そして僕も、すぐに君を追うわけにはいかなかった。自分がある程度変わってからでなければその資格がないと思った。自分がどんなにおぞましい人間になり下がったか、君に思い知らされたからね。そんな男を受け入れてくれとは頼めない。きちんと始末をつけてからでなければ」

アントニアの胸の奥で、興奮が波紋となって広がった。レイフの言ったことを冷静に考えてみようと努めても、まともにものを考えられる状態ではない。彼の不安に満ちた顔を、アントニアはじっと見つめた。レイフは本気なのよ。私を愛しているんだわ！

「一緒に行くと言ってくれ、アントニア。僕に一カ月の時間をくれたら、どれだけ君を愛しているか、証明してみせるよ。そして、君だって本当は僕が好きなんだと、君に認めさせてみせる。お見通しさ」

彼の熱を帯びたまなざしを見るうちに、アントニアは催眠術にかかったように、頭がぼうっとしてきた。「そうよ」情熱をこめてささやく。「私はあなたを愛しているわ。私は——」

「アントニア……」

唇が重なり、二人は言葉を忘れた。必要な言葉はすべて寄り添った体が伝えてくれる。強く抱き合っているにもかかわらず、抱擁は優しさに満ちていた。レイフはいくら抱いても満足できないというように、彼女の背中を激しくさすっている。熱く深いキスも、親密な抱擁も、すべてが魔法のようだった。愛する男性に、アントニアはうっとりと身を任せた。私はレイフを愛している。レイフも私を愛している。

「僕と結婚してくれるね」ようやく唇を離すなり、レイフはプロポーズの言葉を口にした。「この旅行をハネムーンにしよう。そして旅行が終わったら、一緒に家を探す。君の気に入るところなら、どこでもかまわない」

アントニアはかぶりを振った。いまだに信じられない。レイフの思いつめた真剣な表情に、彼女の胸の奥で激しい感情が渦巻いた。

「まさか断る気じゃないだろう？」恐れと不安からか、レイフの声はかすれ、彼女を抱く手に力がこもった。

「断るわけがないわ」アントニアは声をうわずらせて答えた。涙のせいか、笑いのせいか、自分でもわからない。「喜んであなたと結婚するわ」

レイフは彼女を抱きしめ、唇を求めて顔を寄せた。しかしアントニアはそれを制し、彼の手を取って自分のおなかに当てた。

「生まれてくる子のためにも、なるべく早く家を見つけなければ」

「まさか子供が？」

レイフは一瞬、凍りついたのち、彼女を抱きあげ、そのままぐるぐるとまわった。深みを帯びた笑い声が広い中庭にこだまする。これほど喜びに満ちた声を、アントニアは生まれて初めて聞いた気がした。

「君は最高だよ、アントニア」

アントニアはにっこり笑った。最後の疑念のかけらが消えていく。「私ひとりの手柄ではないのよ。知っていると思うけれど」

レイフはぴたりと動きを止め、まっすぐに彼女の目を見つめた。「愛しているよ、アントニア・モールソン」

「私もあなたを愛しているわ、レイフ・ベントン」

明るい日差しのもと、あたりにはオレンジの香りが満ちている。遠くでは教会の鐘が鳴りだし、二人の告白はまるで結婚の誓いの言葉のように互いの耳に響いた。永遠とも思われる長い一瞬、二人は黙って見つめ合い、互いを包みこむ愛を感じていた。やがてレイフはアントニアを抱いたまま、開いたドアに向かって歩きだした。

「どこへ行くの？」

いたずらっぽい笑みを浮かべて見下ろすレイフの目には情熱の炎が燃え盛っていた。「もちろん、ハネムーンの先取りさ」

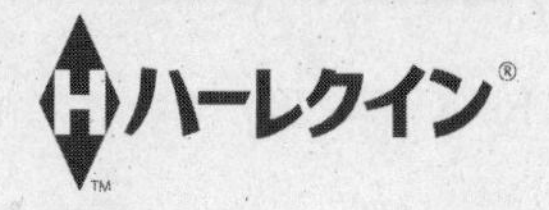

ハーレクイン・ロマンス　2009 年 9 月刊（R-2417）

いとしき悪魔のキス
2024 年 7 月 20 日発行

著　　者　アニー・ウエスト
訳　　者　槙　由子（まき　ゆうこ）

発 行 人　鈴木幸辰
発 行 所　株式会社ハーパーコリンズ・ジャパン
東京都千代田区大手町 1-5-1
電話 04-2951-2000（注文）
0570-008091（読者ｻｰﾋﾞｽ係）

印刷・製本　大日本印刷株式会社
東京都新宿区市谷加賀町 1-1-1

ISBN978-4-596-63698-0 C0297

ハーレクイン・シリーズ 7月20日刊 発売中

ハーレクイン・ロマンス

愛の激しさを知る

夫を愛しすぎたウエイトレス	ロージー・マクスウェル／柚野木　菫 訳	R-3889
一夜の子を隠して花嫁は《純潔のシンデレラ》	ジェニー・ルーカス／上田なつき 訳	R-3890
完全なる結婚《伝説の名作選》	ルーシー・モンロー／有沢瞳子 訳	R-3891
いとしき悪魔のキス《伝説の名作選》	アニー・ウエスト／槙　由子 訳	R-3892

ハーレクイン・イマージュ

ピュアな思いに満たされる

小さな命、ゆずれぬ愛	リンダ・グッドナイト／堺谷ますみ 訳	I-2811
領主と無垢な恋人《至福の名作選》	マーガレット・ウェイ／柿原日出子 訳	I-2812

ハーレクイン・マスターピース

世界に愛された作家たち
～永久不滅の銘作コレクション～

夏の気配《ベティ・ニールズ・コレクション》	ベティ・ニールズ／宮地　謙 訳	MP-98

ハーレクイン・プレゼンツ作家シリーズ別冊

魅惑のテーマが光る
極上セレクション

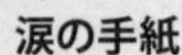

涙の手紙	キャロル・モーティマー／小長光弘美 訳	PB-389

ハーレクイン・スペシャル・アンソロジー

小さな愛のドラマを花束にして…

幸せを呼ぶキューピッド《スター作家傑作選》	リン・グレアム 他／春野ひろこ 他 訳	HPA-60

文庫サイズ作品のご案内

◆ハーレクイン文庫……………毎月1日刊行
◆ハーレクインSP文庫…………毎月15日刊行
◆mirabooks……………………毎月15日刊行

※文庫コーナーでお求めください。

7月26日発売　ハーレクイン・シリーズ 8月5日刊

ハーレクイン・ロマンス
愛の激しさを知る

コウノトリが来ない結婚	ダニー・コリンズ／久保奈緒実 訳	R-3893
ホテル王と秘密のメイド《純潔のシンデレラ》	ハイディ・ライス／加納亜依 訳	R-3894
ときめきの丘で《伝説の名作選》	ベティ・ニールズ／駒月雅子 訳	R-3895
脅迫された花嫁《伝説の名作選》	ジャクリーン・バード／漆原　麗 訳	R-3896

ハーレクイン・イマージュ
ピュアな思いに満たされる

愛し子がつなぐ再会愛	ルイーザ・ジョージ／神鳥奈穂子 訳	I-2813
絆のプリンセス《至福の名作選》	メリッサ・マクローン／山野紗織 訳	I-2814

ハーレクイン・マスターピース
世界に愛された作家たち
～永久不滅の銘作コレクション～

心まで奪われて《特選ペニー・ジョーダン》	ペニー・ジョーダン／茅野久枝 訳	MP-99

ハーレクイン・ヒストリカル・スペシャル
華やかなりし時代へ誘う

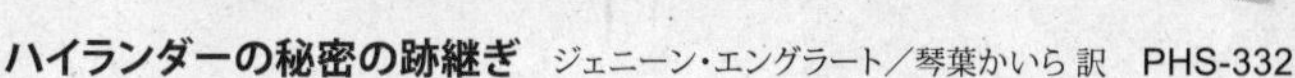

ハイランダーの秘密の跡継ぎ	ジェニーン・エングラート／琴葉かいら 訳	PHS-332
伯爵に拾われた娘	ヘレン・ディクソン／杉本ユミ 訳	PHS-333

ハーレクイン・プレゼンツ作家シリーズ別冊
魅惑のテーマが光る
極上セレクション

炎のメモリー	シャロン・サラ／小川孝江 訳	PB-390

※予告なく発売日・刊行タイトルが変更になる場合がございます。ご了承ください。

今月のハーレクイン文庫

7月刊 好評発売中！

Harlequin 45th Anniversary

帯は1年間"決め台詞"！

珠玉の名作本棚

「プロポーズを夢見て」
ベティ・ニールズ

一目で恋した外科医ファン・ティーン教授を追ってオランダを訪れたナースのブリタニア。小鳥を救おうと道に飛び出し、愛しの教授の高級車に轢かれかけて叱られ…。

（初版：I-1886）

「愛なきウエディング・ベル」
ジャクリーン・バード

シャーロットは画家だった亡父の展覧会でイタリア大富豪ジェイクと出逢って惹かれるが、彼は父が弄んだ若き愛人の義兄だった。何も知らぬまま彼女はジェイクの子を宿す。

（初版：R-2109「復讐とは気づかずに」）

「一夜の後悔」
キャシー・ウィリアムズ

秘書フランセスカは、いつも子ども扱いしてくるハンサムなカリスマ社長オリバーを愛していた。一度だけ情熱を交わした夜のあと拒絶されるが、やがて妊娠に気づく——。

（初版：I-1104）

「恋愛キャンペーン」
ペニー・ジョーダン

裕福だが仕事中毒の冷淡な夫ブレークに愛されず家を出たジェイム。妊娠を知らせても電話1本よこさなかった彼が、3年後、突然娘をひとり育てるジェイムの前に現れて…。

（初版：R-423）